안나푸르나,
아이러니푸르나

Anna Pruna, Irony Pruna

안나푸르나, 아이러니푸르나

이남호의 트래킹 에세이

작가
정신

Kagbeni ● Khingar ● Muktinath ●
● Jharkot
● Lupra

Thorung La

Jomosom ◎
Marpha ● ● Thini
● Dhumpha

Thorung Phedi ●
Letdar ●
Yak Kharka ●
Gunsang ●
Manang

● Chhairo
● Tukuche

Tilicho Peak
7134m

Tilicho BC ●
Khangsar ●

Bra

Hu

Kokhethant ●

Kalopani ●
Lete ●

Annapurna 1
8091m

Annapurna 3
7555m

A

Chasa ●
Rukse Chhahara ●
Dana ●

South Annapurna BC 4130m ●
Macnnapuchhre BC 3700m

Tatopani ●

Deurali ●
Himalaya ● Machhapuchhre 6993m

Bagar ● ● Ghara
● Sikha

Bamboo ● ● Doban

Chitre ● Ghorepani
2750m

Chomrong ●

Beg Khola ●
Raghughat ●
Galeswor ●
◎ **Beni**

Tadapani ●
Ghandruk 1940m ●
Landruk 1565m ●
Tolka ●

Ulleri
1960m ●

Pothana ●
Dhampus ●

Birethanti ●
Naya Pul ◎
Lumle ◎
◎ **Phedi**

Pokhara

ANNAPURNA CIRCUIT TREK

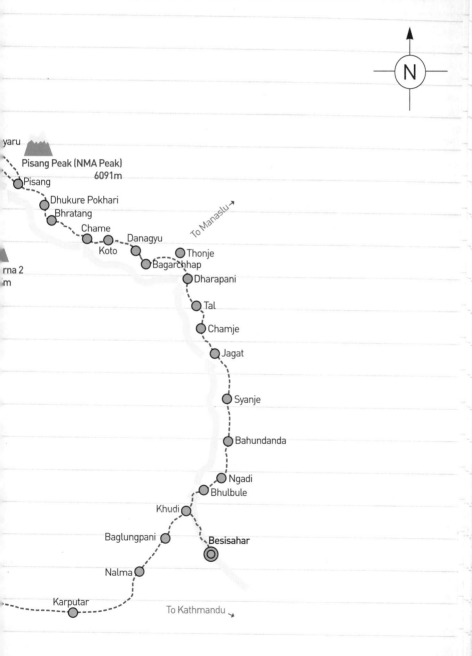

| 차례 |

| 010 | 1   지도

| 016 | 2   야크 카르카의 포기

| 024 | 3   다시 찾은 마낭

| 046 | 4   마낭의 아이러니

| 054 | 5   트래킹의 끝, 훔데

| 066 | 6   가난한 나라의 비싼 문명 1—비행기

| 076 | 7   포카라와 카트만두

| 096 | 8   마차푸차레의 숭고

| 110 | 9 포카라에서 길을 잃다

| 122 | 10 풀사이드의 정일

| 134 | 11 가기 싫은 길

| 150 | 12 스테이크 하우스와 포터

| 158 | 13 파게니 가족과 서양 모녀

| 166 | 14 가난한 나라의 비싼 문명 2─골프

| 180 | 15 다시 일행과 일정 속으로

| 200 | 16 두 권의 책과 한 편의 시

1

지도

14박 15일의 안나푸르나 어라운드 트래킹을 하기로 결정한 뒤에 처음으로 한 일은 안나푸르나 지도를 벽에 붙인 것이다. 수첩만 하게 접힌 지도를 잘 펴서 벽에 붙이는 것은 쉬운 일이 아니다. 안나푸르나는 테이프의 접착력에 저항하며 나의 벽에서 자꾸만 떨어지려 한다. 나는 안나푸르나를 수시로 다시 벽에 붙이면서, 내가 걸어야 할 코스를 표시한 붉은 선과 그 선 위에 있는 마을 이름들을 건성으로 쳐다본다.

지도는 내 머릿속에 들어 있는 안나푸르나에 대한 상상과 좀처럼 연결되지 않는다. 모든 지도가 그렇지만, 안나푸르나 지도도 아주 정성 들여 질문하지 않으면 코대답도 않으리만치 무뚝뚝하다. 나는 지도와 친해지기 위해서, 안나푸르나에 대한 책을 몇 권 구해 읽고, 또

| 안나푸르나, 아이러니푸르나 |

인터넷에서 여행기 몇 편도 찾아서 읽었다. 그것들은, 오랫동안 내 머릿속에서 신비한 공간으로 머물러 있던 안나푸르나와는 사뭇 다르다. 나는 지극히 세속적이고 육체적인 안나푸르나 여행기들을 부정하고 싶다.

내 머릿속의 안나푸르나는 희박한 공기 속에서 고독한 순백의 정신성으로만 존재하는 신비한 공간이다. 정상을 향해 오르는 산악인들이 매우 느리고 힘들게 한 걸음씩 발걸음을 옮기는 까닭은, 산소 결핍에서 오는 육체적 어려움 때문이 아니라 신의 영역에 접근하는 심리적 어려움 때문일 것이다. 일상과 세속과 문명으로부터 아득히 떨어진 극한의 공간에서 만나는 정신적 고도의 전율! 지도에 그런 것이 나타날 리가 없다. 마치 보물지도가 보물은 아니듯이, 안나푸르나 지도도 안나푸르나의 정신성을 드러내지는 못한다. 나는 지도를 따라가는 것이 아니라 지도를 넘어서서, 또는 지도를 투과해서 안나푸르나로 들어가야 한다.

그러나 내가 실제로 보름 동안 체험하고 돌아온 안나푸르나는, 지도의 그 무뚝뚝한 사실성과 여행기의 그 조잡한 육체성으로부터 조금도 벗어나지 못했다. 거기서 내가 얻은 정신성은, 신비한 설산의 햇살처럼 눈부신 정신성이 아니라 치사한 육체적 고통과 졸렬한 세속적 실망감으로부터 겨우 얻어낸 인간적 정신성이다. 그것을 한마디로 줄이면 아이러니라 할 수 있겠다. 나에게 안나푸르나(안나는 곡식, 먹을 것이란 뜻이고, 푸르나는 가득하다란 뜻이다)는 아이러니가 가득한 곳, 즉 아이러니푸르나이다.

보름 동안의 안나푸르나 트래킹에서 내가 얻은 것은 크고 작은 아이러니들뿐이다. 서울에서 그렇게 흔한 아이러니를 안나푸르나까지 가서 가져온 것도 아이러니일 것이다. 나는 평소에 아이러니가 삶의 본질이며, 따라서 문학의 본질이기도 하다고 생각했다. 나는 이러저러한 삶의 아이러니를 경험할 때마다 씁쓸했지만, 좋은 문학에서 그러한 아이러니를 만나서 위안을 얻기도 했다. 아이러니 속에서는 절망도 희망이고, 슬픔도 기쁨이고, 저주도 위안이지만 그 반대인 경우의 임팩트가 더 컸다. 안나푸르나로 가기 전, 나는 전혀 뜻밖의 삶의 아이러니 속에서 또 한 번 마음을 잃고 있었다. 그런 아이러니의 현실로부터 벗어나 아이러니가 없는 안나푸르나의 설산을 만나고 싶었는지도 모르겠다. 그러나 아이러니하게도 안나푸르나의 선물 역시 아이러니였다. 이 에세이는 그 아이러니의 기록이라 할 수 있다.

나는 2010년 1월 18일 일행들과 함께 카트만두Katmandu에 도착했고, 1월 20일 불부레Bhubule에서 안나푸르나 어라운드 트래킹을 시작했다. 그러나 트래킹 8일차인 1월 27일 야크 카르카Yak Kharka에서 남은 일정을 포기하고 다시 마낭으로 내려왔다. 그리고 홈데 Humde에서 비행기를 타고 포카라Pokhara라는 도시로 가서 계획에 없던 4일간의 자유를 누렸다. 일행과 일정으로부터 떨어져 있었던 4일간의 체험은, 나의 안나푸르나 트래킹에 새로운 빛과 무늬를 부여했다. 나는 이제 그것의 기억을 기록 속에 붙잡아두려 한다.

　이 기록은 16편의 에세이로 구성된다. 그리고 그중 4개의 장(2, 3, 8, 15장)에서 안나푸르나 트래킹 이야기는 부차적인 배경으로 삽입되어 있다. 모든 사진도 그 배경에 속한다. 길이 끝난 곳에서 새 길이 시작되었고, 잘못 든 길이 아이러니푸르나의 지도를 만든 셈이다.

2

야크 카르카의 포기

2010년 1월 18일 카트만두에 도착했고, 다음 날 약 8시간 동안 버스를 타고 불부레로 가서 그곳의 토롱 라Thorong-La 호텔에 묵었다. 초라한 판잣집이었다. 이튿날, 1월 20일부터 본격적인 트래킹이 시작되었다. 매일 6~8시간을 걸었고, 7일째 되는 날 야크 카르카에 도착했다. 일행은 많이 지쳤고, 해가 저물자 몹시 추웠으며, 야크 카르카의 로지 사정은 좋지 않았다. 오프시즌이라 몇 곳 안 되는 로지들도 모두 문을 닫았고, 우리가 머문 강가푸르나Gangga Purna 호텔은 주인이 없고, 관리인이 와서 우리 일행을 위해 임시로 문을 열어 모든 것이 어설펐다.

로지에서 온기가 있는 곳이라곤 어두운 부엌의 한가운데에 있는 나무 때는 화덕뿐이다. 포터들도 그 주위를 어슬렁거리고, 우리 일행

| 안나푸르나, 아이러니푸르나 |

도 조금이나마 온기를 쬐려고 그 주위를 어슬렁거린다. 조금 있으니 2층 난로에 불을 지펴준다. 야크 똥을 연료로 하는 난로다. 화력이 일정하지도 지속적이지도 않아서 자주 연료 공급을 해줘야 한다. 몸을 녹이기에는 턱없이 부족하다. 야크 똥을 만지는 손과 나무를 만지는 손과 음식을 만지는 손의 구별이 없고, 손으로 만지는 것과 발로 밟는 것 사이에도 구별이 없다.

내일과 모레가 트래킹 일정 중에서 가장 힘든 날이다. 모두들 조금 지쳐 있고, 긴장해 있다. 일찍 자고 내일 일찍 출발하기로 한다. 고산증에 대비해 약을 더 먹어두기도 하고, 또 속이 불편한 사람들은 소화제를 챙겨 먹기도 한다. 적어도 겉보기로는, 사람들이 고산증보다는 오히려 배탈로 더 고생들을 한다. 아마도 고산 때문에 소화력이 급급히 떨어진 데다 충분히 가열되지 못한 음식과 물 때문에 탈이 나는 모양이다. 저녁을 조금밖에 못 먹는 일행도 몇 있다.

아들 상주의 상태가 어제부터 좋지 않다. 두통을 호소하고, 구역질을 하고, 힘이 없고, 무엇보다 설사를 자주 한다. 자고 나면 괜찮을 거라고 짐작했는데, 밤새 심하게 설사를 한다. 새벽 5시, 기상 시간이다. 상주에게 기분이 어떠냐고 물으니, 더 가기 어려울 것 같다고 힘없이 말한다. 설마 했던 일이 발생했다. 가장 젊고 건강한 사람이 고산증으로 고생할 확률이 가장 높다더니 사실인가 보다. 여기까지 왔으니 상주를 잘 다독이고 추슬러서 토롱 라 패스를 넘는 모험을 할 것인가 아니면 일행들과 헤어져 여기서 뒤돌아 내려갈 것인가 잘 판단해야 한다.

그러나 판단은 별로 어렵지 않았다. 상주의 상태를 가볍게 볼 수 없었기도 했지만, 내 마음 깊은 구석에도 트래킹을 그만하고 싶은 생각이 연기를 피우고 있었기 때문이다. 나 역시 로지의 불결함과 불편함과 추위에 지쳐 있었으며, 내가 기대했던 안나푸르나 트래킹의 매력을 전혀 찾지 못했다. 안나푸르나는 어떠한 경우에도 실망을 주는 일이 없는 한국의 산과는 많이 달랐다. 어떤 면에서 상주의 고산 증세는 내게 트래킹을 중도 포기할 수 있는 좋은 변명거리가 되어준 셈이다. 사실 나는 트래킹의 마지막 일정을 포기하는 것이 조금도 아쉽지 않았다.

나에게는 걷기나 고산증이 어려운 것이 아니라 로지의 추위와 불편함과 불결함이 진짜 어려움이다. 그리고 지난 일주일 동안 안나푸르나 어라운드 트래킹은 충분히 체험했다는 생각도 든다. 경치 구경도 충분했고, 걷기도 충분했고, 기타 체험도 충분했다. 이제 조금 더 높은 곳을 조금 더 힘들여 이틀 동안 걷는 것만 남았다. 토롱 라 패스를, 세계에서 제일 높은 5416미터의 고개를 넘는 것이 목적이라면 여기서 포기하지 말아야 할 것이다. 그러나 나의 목적은 토롱 라 패스가 아니라 안나푸르나 트래킹이다. 나는 마낭Manang에서 4600미터의 아이스 레이크Ice Lake도 비교적 쉽게 올랐다. 토롱 라 패스를 넘거나 안 넘거나 거기서 의미를 찾고 싶지는 않다. 나는 한국에 있을 때도 산에 오르면 정상 가까이에 가긴 하지만 정작 정상에는 잘

| 안나푸르나, 아이러니푸르나 |

안 오르는 편이었다. 정상이 산행의 목표가 아니기 때문이다. 나는 과감하게 하산을 결정했다. 하산을 결정하면서 단 하나 망설여진 것은, 일행들에게 부정적 영향을 끼치지 않을까 하는 점이었다. 그래서 일행들에게 하산 결정을 알릴 때 미안한 마음이 들었다. 그러나 일행들은 중도 포기하는 우리를 오히려 안쓰러워해주었다.

일행은 7시쯤 토롱 페디Thorung Phedi를 향해 출발했고, 상주와 나는 포터 둘과 함께 로지에 남았다. 8시쯤 상주에게 누룽지 남은 것과 약을 먹이고, 9시쯤 다시 마낭으로 하산했다. 날씨는 매우 맑다. 하늘이 티 없이 푸르고, 아침 햇살에 기온도 조금 오른 듯하다. 하산하는 발걸음은 오히려 가볍다.

몸도 기분도 가볍게 삼십 분쯤 내려오니, 어제 오후에 마지막 휴식을 취했던 군상Gunsang이라는 마을이다. 어제 차를 마시고, 사과를 사 먹었던 출루 웨스트Chullu West 호텔은 적막한 햇살 속에 낮은 나무문으로 잠겨 있다. 태양열로 물주전자를 데우는 집열판도 적막 속에 버려져 있다. 어제 우리를 위해 마낭에서 올라와 우리에게 차를 팔았던 그 여인은 다시 마낭으로 내려가고 아마도 군상 마을에는 아무도 없는 것처럼 보인다. 텅 빈 로지의 마당에 있는 나무 의자에 앉아서 부재不在와 더불어 휴식을 취하고 있자니, 오히려 이 시간이 진정한 안나푸르나 트래킹인 것 같은 느낌이 든다. 코끝에서 어제 사 먹었던 못생긴 사과의 달콤한 향기가 다시 나는 듯하며, 몸과 마음에 오랜만의 여유가 스민다.

상주는 길을 가다가 다시 한 번 변을 보았지만, 견딜 만한 것 같고, 기분도 좋아 보인다. 다시 한 시간쯤 더 내려가니 오른쪽으로 출루피크Chullu Peak가 보이고, 긴 쇠줄다리로 계곡을 건너는, 룽따가 걸린 지점에 도착했다. 트래커도 현지인도 전혀 보이지 않고, 올라가는 사람도 내려가는 사람도 전혀 보이지 않는다. 포터들에게 사탕을 나누어 주면서, 다시 한 번 그들의 이름을 물었다. 바라슈람과 시얌이라고 한다. 바라슈람은 현재 네팔의 한 대학교에서 경영학을 공부하는 학생인데, 돈을 많이 벌어서 은행 업무나 무역 관계 일을 하고 싶다고 한다. 그리고 짧은 영어지만 나와 대화하는 것을 좋아한다. 열의가 있는 젊은이다. 지금은 비록 짐꾼이지만 나중에 네팔에서 중요한 일을 하는, 의젓한 신사가 될 것이다. 가이드가 따로 하산하는 나를 위해서 그래도 영어가 통하는 친구를 붙여주었다.

풍경은 하산 길에 더 잘 보인다. 저 건너 오른쪽으로 크고 깊은 계곡 아래 눈 녹은 급류가 흐르고, 길 양쪽으로는 거친 산언덕이 펼쳐지는데, 산괴가 매우 크고 기이한 침식 지형이 나타나기도 한다. 멀리 계곡 건너 오른쪽의 갈색 산언덕에는 침엽수림대가 있고, 이어서 그 위로 활엽수림대가 잎이 없어서 희미하게 보인다. 그보다 조금 위부터는 하얀 설산이다. 어제 가이드가 했던 말에 따르면, 10월의 날씨와 경치가 가장 좋고 아름다운데, 특히 푸른 침엽수림대와 단풍 든 활엽수림대 그리고 설산이 어울려 빚어내는 경치가 황홀하다고 한다. 아마도 설산 위의 푸른 하늘도 그때는 더 멋있을 것이다.

| 안나푸르나, 아이러니푸르나 |

야크 카르카에서 마낭까지는, 걸음도 가볍고 또 하산길이어서 세 시간 정도밖에 안 걸린다. 좀 멀리서 보니, 마낭은 마치 버려진 마을처럼 또는 개미가 떠나버린 개미굴처럼 황폐해 보인다. 네모난 흙집들은 무채색의 무기력에 갇혀 있다. 마을 오른쪽에 있는 강가푸르나 호수가 그래도 조금의 생기를 보이며 우리를 맞이한다.

3

다시 찾은 마낭

나는 1월 24일 마낭에 도착했고, 25일 고산 적응을 위해 마낭에 머물렀으며, 다시 27일에 야크 카르카에서 마낭으로 되돌아왔다. 마낭은 안나푸르나 어라운드의 중심이 되는 마을이며, 그곳의 틸리초 Tilicho 호텔은 트래커들의 허브와 같은 곳이다. 지난 24일과 25일 우리가 그곳에 머물렀을 때도, 오프시즌임에도 캐나다인 트래커 서너 명과 또 다른 외국인 몇, 그리고 포터 가이드들이 우리 일행과 함께 머물러서, 난로가 있는 다이닝룸은 항상 붐볐다. 그러나 하산해서 다시 찾은 틸리초 호텔에는 햇볕 드는 창가에 등을 대고 앉아 있는 주인뿐이었다. 주인은 햇살이 드는 자리에 앉으라고 권한다. 주인 남자는 네팔인치고는 큰 덩치를 가진, 마초 같은 사내다. 영어도 잘하고, 인상도 강하지만 친근감이 있다. 십오 년 전에 한국에 와본 적이

| 안나푸르나, 아이러니푸르나 |

있다고 한다. 부산이란 도시가 인상적이었다고 말한다. 나는 주인에게 이 호텔이 『론리 플래닛 가이드북』에도 나와 있는 '세계적으로 유명한' 호텔이라고 추켜주었다. 그러자 그는 카트만두나 외국에서도 예약이 가능한 호텔이라며, 이미 확정된 3월과 4월분의 예약표를 나에게 보여주며 자랑했다.

나의 최대 관심사는 홈데에서 포카라 가는 비행기가 언제 있느냐 하는 것이다. 일주일에 세 편이 있다고는 들었지만, 그날이 언제인지도 문제고, 또 기상 때문에 결항이 잦다고 한다. 비행기로 포카라로 갈 수 있을지 아니면 상제Chyanje까지 이틀 정도 걸어 내려가 다시 버스를 타고 카트만두로 가야 할지는 전적으로 홈데의 비행기 사정에 달려 있다.

호텔 주인은 나의 걱정이 무색하게, 그야말로 다행스럽게도 내일 아침 8시 30분에 홈데에서 포카라 가는 비행기가 있다며 바로 전화로 예약을 해준다. 내일 아침에 비행기가 있다는 사실, 그것이 전화로 예약이 된다는 사실이 믿기지 않는다. 갑자기 내가 마낭의 산골 마을에 있는 것이 아니라 대도시에 있다는 착각이 든다. 나무를 때서 밥을 짓고, 전기가 들어오지도 않고, 가축과 사람의 생활이 별로 차이가 없는 이곳에서, 비행기와 전화 예약이라는 것은 난센스다. 나는 마치 기대하지 않던 복권에 당첨된 것처럼 반신반의했다.

그러나 호텔 주인은 덤덤하게 여기서 약 사십 분쯤 걸어 내려가 홈데라는 마을에 도착하면 비행기 티켓팅부터 해놓으라고 말한다.

그의 덩치와 태도에는 자신감과 여유가 있다. 주인을 보니 그의 호텔이 시설이나 청결함이나 편리함의 면에서 다른 로지들보다 특별히 나을 것이 없어 보이는데도 트래커들의 허브가 될 만하다는 생각이 든다. 어디서나 사람이 문제다.

마낭으로 올라올 때 잠시 쉬며 차를 마셨던 바라가 마을의 뉴 야크 New Yak 호텔이 워낙 인상적이어서 오늘 점심은 그곳에서 꼭 먹을 생각이었고, 비행기 시간 맞추는 게 여의치 않으면 그곳에서 숙박까지 할 예정이었다. 그러나 틸리초 호텔에서 비행기 문제가 거의 해결되고, 또 포터들도 그곳에서 점심을 먹기를 원해서 우리도 먹기로 했다. 치킨수프와 삶은 감자와 삶은 달걀을 주문했다. 치킨수프는 특별히 오래 끓여달라고 부탁했다. 등 뒤로 따뜻한 햇살을 받으며 조용한 식당의 테이블에 앉아 음식을 기다리니, 지금의 마낭은 그저께의 마낭이 아니다.

▲ 1월 24일 트래킹 5일차
피상 3240미터 ~ 마낭 3540미터

피상Pisang에서 마낭까지는 두 갈래 길이 있다. 윗길은 두세 시간 더 걸리는 대신 왼쪽으로 펼쳐지는 안나푸르나 연봉들이 보다 장관이다. 아랫길은 윗길보다 경치는 덜한 대신 시간이 덜 걸린다. 더 좋은 경치를 즐길 기회는 아직 많다. 굳이 윗길을 선택할

| 안나푸르나, 아이러니푸르나 |

이유가 없다. 우리는 수프와 빵과 커피로 아침을 해결하고 8시 20분 마낭으로 출발했다.

여전히 왼쪽 아래로 계곡을 두고, 설산으로 넓게 둘러싸인 길을 간다. 간간이 짐을 지고 가는 현지인들을 만난다. 친절하게 "나마스테" 하고 인사를 한다. 한 시간쯤 가니 전망이 좋은 쉼터가 나온다. 남쪽으로는 스와가드와리 단다Swargadwari Danda 바위산이 보이고, 그 왼쪽에 피상 피크Pisang Peak가 뚜렷이 보인다. 그리고 그 오른쪽으로 안나푸르나 2봉과 4봉, 그리고 주변 봉우리들이 보이고, 서북쪽으로는 멀리 틸리초 피크Tilicho Peak(7134미터)가 보인다. 북쪽으로는 설산이 보이지는 않지만, 흙과 바위로 이루어진 기괴한 산괴가 역시 인상적이다. 아마도 이 정도의 풍경이 '안나푸르나 풍경'이 아닐까 생각해본다.

점심 무렵, 비행장이 있는 홈데 마을에 도착했다. 간다키 Gandaki 호텔이란 이름의 로지에서 점심식사를 주문했다. 트래킹을 시작한 이후로 제일 깔끔한 로지라는 인상을 받았다. 구석구석 여주인의 부지런함과 세심한 손길이 느껴지는 로지여서 우선 심리적으로 안정감과 편안함을 느끼게 한다. 네팔에 온 이후로 거의 처음으로 느껴보는 안정감과 편안함이다. 공용화장실도 말끔하게 청소가 되어 있다. 주방 곁에 조그만 방이 딸려 있는데, 불을 지피고 그 위에 항아리를 걸어두고 있다. 럭시를 내리고 있는 중이라고 한다. 흥미롭다. 럭시의 맛이 궁금해진다. 럭시는 우리의 증류소주와 같은 것이다. 여주인에게 한 잔 맛 좀 보자고 했더니 곧 내온다. 아주 맛이 좋다. 일행에게 맛을 보이자, 한 병 사가지고 가자고 한다. 토롱 라 패스를 넘어 묵티나트Muktinath에 도착해서 마실 거라고 결국 한 병을 산다.

식당 벽에 배우같이 예쁘지만 수수하고 소박한 차림을 한 여인의 얼굴 사진이 한 장 붙어 있는 것이 눈길을 끈다. 실력 있는 사진작가의 솜씨다. 나는 그 여인이 바로 이 호텔의 여주인임을 알아본다. 일행에게 그 이야기를 했더니 처음에는 못 미더워하다가 나중에 잘 관찰하고서는 놀라워한다. 척박한 환경 속에서 거친 일을 하면서 얼굴이 상해서 그렇지 예전엔 상당한 미인이

| 안나푸르나, 아이러니푸르나 |

었던 것이다. 아마도 이곳을 방문했던 사진작가가 그녀의 사진을 찍어주었을 것이다. 전문가의 솜씨다.

점심 후, 바람이 불고 날씨가 더욱 추워진다. 이곳은 오전에만 햇살이 따뜻하고 오후가 되면 바람이 불어 기온이 내려가고 음산해진다. 좀 더 가니, 풍경마저 매우 을씨년스러워진다. 왼쪽으로 바위산이 거칠게 펼쳐졌고, 그 너머로 설산이 조금 보인다. 그리고 오른쪽으로도 거친 바위산들인데, 눈사태와 산사태의 피해가 심했던 지형으로 보인다. 바람은 더 세어지고, 체감온도는 더 내려간다. 몬지라는 조그만 마을을 지났으나, 아무도 살지 않는 듯했고, 로지도 잠겨 있다. 몬지를 지나 약 십오 분쯤 가다가 비교적 입성과 신발이 깨끗한 현지인 가족을 만났다. 가이드와 뭐라고 이야기를 한다. 가이드 말로는 그들이 아까 몬지에서 우리가

들어가려 했으나 문이 잠겨 있었던 로지의 주인 가족이라고 한
다. 이곳에서 로지 운영자들의 수준이 남다름을 짐작할 수 있다.

다시 십오 분을 더 가니 바라가라는 마을이다. 아무 특색이 없
는 길가의 작은 마을이다. 그러나 훔데의 간다키 호텔보다 오히
려 더 깔끔하다. 뉴 야크 호텔이라는 이름의 이 로지는 역시 2층
목조이고 그 구조도 대동소이했지만, 전체적으로 상당히 수준이
높다는 것을 느끼게 해준다. 화장실을 찾다가 그냥 2층의 빈방에

　　　　　　　　　　　　　　| 안나푸르나, 아이러니푸르나 |

들어가보았다. 침대, 시트, 벽, 옷걸이, 간이 탁자, 화장실, 창문, 커튼, 안내판 등등 모든 것에서 세심한 손길과 정성이 느껴진다. 그냥 여기서 하룻밤 묵고 싶다. 혼자서 하는 자유로운 여행이었다면 분명히 망설임 없이 선택했을 것이다. 깔끔함이라는 것이 긍정적 의미의 문명을 가능케 하는 가장 본질적인 바탕이라는 점을 다시 한 번 확인한다.

뉴 야크 호텔에서 우리는 진저 레몬 티를 마시고, 10세기경 이 부근의 동굴에서 수도했던 유명한 승려인 밀라레파Milarepa에 대해 이야기했다. 전설에 의하면 노루를 쫓아서 밀라레파의 동굴까지 온 사냥꾼과 사냥개가 오히려 그의 제자가 되었다고 한다. 그는 자연과의 조화를 강조했다는데, 그가 말한 자연이라는 것의 의미가 무엇일까라는 것이 우리의 주제였다. 21세기인 지금도 여기 사람들은 자연과 조화를 이루지 않고는 살지 못하는 것처럼 보이는데, 10세기 사람들은 자연과의 조화라는 개념

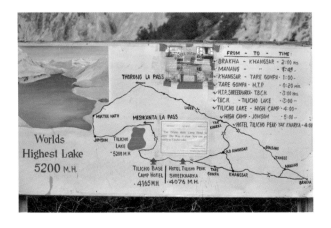

조차 필요 없었을 것이다. 우리가 지나오면서 목격한 바이지만, 이곳 사람들은 가혹한 자연 속에서 살아남기 위해 그 엄청난 다랑논을 산꼭대기까지 만들어두었다. 과연 그들에게 자연과 조화를 이루는 삶이란 무엇일까? 밀라레파가 말한바, 자연과의 조화란 요즘 지구온난화 등과 관련 있는 생태환경적 개념과는 상관이 없을 것이다. 한편, 수준 있고 안정된 공간에 들어와 차를 마시니 대화도 자연스레 형이상학적인 것이 되나 해서 좀 멋쩍기도 하다.

마낭에 대한 이야기는 트래킹을 오기 전부터 익히 들어온 터라, 매우 번화하고 큰 마을일 거라고 기대했다. 그러나 계곡 언덕에 다닥다닥 붙어 있는, 흙과 돌로 지은 허름한 집들의 동네에 불과했다. 아마도 겨울 오프시즌이라 더욱 그런 느낌이 들 것이다. 틸리초 호텔은 마을 입구에 있다. 평범한 2층 목조 건물에 안마당이 있는 로지다. 그러나 지금까지 지나온 로지보다는 조금

| 안나푸르나, 아이러니푸르나 |

규모가 있는 것처럼 느껴지기도 한다. 내일 하루 쉴 수 있다는 심리적 위안이 로지에 도착한 안도감보다 더 크다. 로지의 식당에 가니 가운데 큰 난로가 있고, 온기가 있다. 반갑다. 이미 캐나다인 트래커 몇 명이 자리를 잡고 카드놀이를 하고 있다.

먼지투성이 옷과 신발을 대충 털고, 또 먼지투성이 카고백을 열어서 두꺼운 옷을 꺼내 입었다. 주방에서 더운 물을 조금 얻어 방에 가지고 가서 수건을 적셔서 얼굴과 몸을 조금 닦고 옷을 갈아입었다. 춥고 어설프고 안정감이 없어, 내내 안절부절못한다. 식당의 난롯가에 앉아 있는 일 말고는 달리 할 일도 있을 곳도 없다. 일지 쓰기도 귀찮다. 그러나 내일은 아이스 레이크에 도전해 볼 생각이다.

틸리초 호텔 3540미터 ~ 뷰 포인트 3900미터 ~ 아이스 레이크 4600미터

다이막스라는 약 탓으로 밤에 소변을 두 번이나 보았다. 그래도 실내에 화장실이 있어 다행이다. 침낭 속에서 자면 불편하고, 춥다. 자주 깬다. 아침에 일어나니 날씨가 흐리고 춥다. 오늘 아침은 카고백을 다시 꾸리지 않아도 된다. 옷을 입고 식당으로 가니 몇몇 사람들이 벌써 난롯가에 앉아 불을 쬐고 있다. 아침식사는 브렉퍼스트 세트로 했다. 토스트가 없어 대신 티베탄 브레드tibetan bread로 주문했다. 점심도시락은 빵, 삶은 달걀, 삶은 감자를 검은 비닐 봉투에 넣어 준비했다.

세 사람은 로지에서 쉬다가 나중에 주변을 가볍게 산책하기로 하고, 우선 여섯 명이 8시에 로지를 떠났다. 가이드와 헤드 포터인 바상 씨가 동행했다. 비교적 넓은 들판을 가로질러 산 쪽으로 걸어갔다. 들판 한가운데는 개울이 흐른다. 일부는 얼어 있다. 나무판자가 다리 대신 놓인 곳으로 건넜다. 돌이 매우 많다. 눈사태에 쓸려 온 돌덩이인 것으로 짐작된다. 들판을 가로질러 바로 경사가 심한 오르막이다. 길은 가파르고, 좁고, 먼지와 돌이 많다. 날씨가 춥고, 또 높은 곳에 가면 바람과 추위가 어떨지 몰라 옷을 많이 껴입었는데, 한 시간도 못 가서 너무 더워 아래 내복도 벗고 모 스웨터도 벗었다.

조금 더 가니, 저쪽 언덕에 탑이 세워진 전망대가 보인다. 가파른 먼지 길을 쉬지 않고 걷다 보니 전망대까지 두 시간이 안 되어 도착한다. 걸음 늦은 사람 셋이 빠지니 산행이 순조롭다. 전망

대에 서니 저 아래 사원과 그 아래의 들판과 들판 끝에 있는 마낭 마을과 그 뒤의 강가푸르나 호수가 한눈에 보인다. 그 뒤로 거친 흙과 바위산 너머 비로소 안나푸르나 연봉들이 황홀하게 펼쳐진다. 왼쪽으로부터 안나푸르나 4봉과 2봉 그리고 강가푸르나, 틸리초 등이 한눈에 들어온다. 기념사진을 몇 장 찍고, 일행은 조금 더 올라가보기로 한다. 4000미터까지 함께 와서는 두 사람이 다시 가이드와 함께 하산했다. 이제 바상 씨와 함께 네 명이 계속 가파른 흙산을 올라간다.

가파른 산은 나무가 없어도 아래에서 위 능선이 보이지 않는다. 조금 올라가면 또 저만치 능선이 도망가 있고, 또 조금 올라가면 그만큼 능선이 도망가 있어서 어디가 능선인지 알 수가 없다. 아마도 4200미터가 좀 넘었을 것이다. 잠시 쉬며 뒤를 돌아보았다. 아까보다 안나푸르나 연봉들이 더 장엄한 모습으로 하늘의 절반을 장악했다. 이때 나는 MP3로 베토벤의 〈현악 4중주〉

를 듣고 있었다. 안나푸르나의 장엄한 설산을 바라보는 데 배경
음악이 필요할 거란 생각에서 나는 바흐의 〈마태수난곡〉 〈요한수
난곡〉 〈B단조 미사〉 등을 MP3에 담아 왔다. 그리고 하는 김에
베토벤 〈현악 4중주〉도 담았다. 마침 그때 듣고 있던 베토벤 〈현
악 4중주〉의 한 토막이 나도 모르게 나의 마음속으로 들어왔고,
그때 나는 안나푸르나의 연봉을 쳐다보고 있었다. 아무 생각도
없었지만, 순간 울컥하고 무엇인가 내면에서 치밀어 올랐고, 나
는 눈물을 흘릴 뻔했다. 안나푸르나와 베토벤 〈현악 4중주〉가 만

| 안나푸르나, 아이러니푸르나 |

나는 체험을 한 것이다. 나는 멍하니 1~2분쯤 있었고, 그러고는 다시 산 능선을 향해 돌아서면서 이어폰을 뽑아 호주머니에 넣었다. 너무 감상적이 되는 내가 어색했기 때문이다.

바상 씨는 앞장서 올라가면서 계속 주위를 두리번거렸다. 한번은 산닭 떼를 알려주었고, 조금 있다가는 멀리서 무리 지어 있는 야생 야크들을 손가락으로 가리켰다. 이 삭막하고 나무도 없고 거친 돌과 흙뿐인 추운 산에서도 동물들은 산다. 하늘에는 독수리가 위엄 있게 비행하고 있다. 그러나 소중한 체험은 그다음이다. 4300미터쯤 되는 곳에서 바상 씨가 갑자기 저편 언덕을 가리키면서 "마운틴 타이거mountain tiger!"라고 말한다. 그가 손가락으로 알려주는 곳을 한참 더듬다가 나도 드디어 그 멋지고 늠름한 자태를 보았다. 나중에 안 사실이지만, 그것은 타이거가 아니라 눈표범snow leopard이었다. 먼 거리였지만, 그 눈표범의 자태는 너무 아름다웠다. 얼룩무늬에, 긴 꼬리를 우아하게 올리고

있었다. 우리 쪽을 한참 쳐다보다가 천천히 야크 떼가 있는 곳으로 걸음을 옮긴다. 산에서 눈표범을 만났다는 것은, 충격이다. 그 충격은 알 수 없는 힘으로 내 존재의 건강함을 증명하는 것 같다. 안나푸르나와 베토벤 〈현악 4중주〉의 만남보다도 거친 산에서 눈표범을 만난 것이 더욱 강렬한 체험이다. 21세기에 누가 산에서 눈표범을 만날 수 있을 것인가! 눈표범을 쳐다보면서, 나는 안나푸르나 트래킹의 정점에 이미 서 있었다.

우리는 가파른 산등성이를 계속 올랐다. 상당히 올라온 것 같

ㅣ 안나푸르나, 아이러니푸르나 ㅣ

은데도 아직 능선이 어딘지 모르겠다. 4500미터쯤에서 상주와 또 한 명의 젊은 친구가 처진다. 그 자리에서 조금 기다리라고 하고 나는 바상 씨와 또 한 명의 일행과 함께 나머지 보이는 곳까지만 더 올라가보기로 했다. 날씨는 흐려져서 눈발도 날리기 시작한다. 거기서부터 십 분 정도 더 올라가니 비로소 능선이고 능선 바로 아래가 아이스 레이크다. 나는 환호성을 질렀다. 다들 어렵다고들 하는 아이스 레이크를 네 시간 만에 오른 것이다. 힘은 좀 들지만, 고산 증세는 별로 느끼지 못하겠다. 바로 코앞에 두고 함께 오지 못하고 저 아래에 남은 상주가 안타까운 생각이 든다. 그러나 아이스 레이크는 정말 볼품이 없다. 그냥 얼어붙은 조그만 연못 같은 것일 따름이다. 나는 아이스 레이크를 보러 온 것이 아니라 네 시간 만에 해발 3500미터에서 고도 1100미터를 올리는 시험을 해본 것이다. 시험 결과는 만족이다. 게다가 그보다 더 큰 만족을 얻었는데, 하나는 안나푸르나 연봉의 경치가 베토벤 〈현악 4중주〉와 내 마음속에서 만났다는 사실이고, 다른 하나는 신비로운 눈표범을 산에서 직접 대면했다는 사실이다. 네팔에 와서 처음으로 약간 흥분을 했지만, 속으로 잘 감추었다.

　하산 길은 반대로 끝없는 내리막이다. 한 삼십 분 내려가니 목동들의 쉼터 같은 곳이 있다. 거기서 점심으로 싸 온 감자와 달걀을 먹었다. 눈발이 제법 날리기 시작한다. 상주가 아무것도 먹지 않는다. 표정이 좋지 않다. 하산 길에 걸음이 점점 느려진다. 다른 일행은 저 앞에 내려가고 나는 상주 뒤를 묵묵히 따라 내려갔다. 상주의 느린 걸음에 짜증이 조금 나려 했지만, 내 걸음과 마음을 가만히 다독였다. 상주가 너무 급히 높은 곳으로 올라와서

고산증이 생겨버린 것일까?

　로지로 다시 돌아올 무렵 눈발이 제법 세어졌다. 온 천지에 눈이 내리고 있었다. 내일 기상 걱정을 하자, 눈이 어둡게 내리지 않으면 괜찮다고 누군가가 말한다. 2시경에 로지에 돌아와 수프를 시켜 먹고, 조용히 난롯가에서 쉬었다. 다른 일행들은 강가푸르나 호수 위의 빙하에 가고, 거리를 돌아다니기도 한다. 상주는 로지에 와서도 계속 상태가 좋지 않다. 머리가 아프다고 침낭으로 들어간다. 4500미터까지 올라가서 안 좋은 것이니 다시 3500미터에서 하룻밤 자면 고소를 완전히 극복할 거라고 낙관적으로 생각해본다. "높이 오르고, 잠은 낮은 곳에서ascend high, sleep low"가 고소 적응훈련의 비결이다.

　그러나 다음 날 아침, 상주의 상태는 더욱 나빠졌다.

4

마낭의 아이러니

대부분의 트래커들은 마낭에서 고소 적응을 위해 하루를 머문다. 그냥 로지에서 쉬는 것이 아니라 주변의 높은 지역으로 올라갔다가 다시 로지로 내려와 잠을 잠으로써 고소에 적응을 하는 것이다. 그 고소 적응 훈련에 가장 좋은 코스가 아이스 레이크라는 곳이다. 마낭 마을에서 아이스 레이크까지는 잘 걷는 트래커들에게 네 시간 정도 걸리며, 단숨에 고도를 1100미터 올리는 코스다. 그리고 경치가 좋다. 아이스 레이크가 너무 부담이 되는 사람은 중간의 전망대(약 3900미터)까지만 가도 좋다.

우리 일행 중 세 사람은 체력을 아끼기 위해 아예 동네 주변에만 머물렀고, 두 명은 4000미터까지 올라갔다가 너무 무리하지 않게 내려왔으며, 나머지 네 명은 해발 4600미터인 아이스 레이크까지 가기

| 안나푸르나, 아이러니푸르나 |

로 했다. 그런데 상주에게는 4500미터쯤에서 고소 증세가 온 것 같다. 호흡이 가쁘고 머리가 너무 아프다고 인상을 찌푸린다. 다시 로지가 있는 3500미터로 내려가서 하루 자면 씻은 듯이 나을 것이고, 그러면 고소 적응이 더욱 완벽하게 될 것이라고 예상했지만, 상주의 고소 증세는 호전되지 않았고, 결국 야크 카르카에서 하산하게 되었다. 상주는 아이러니하게도 고산 적응훈련 때문에 고산병에 걸려서 고산에 오르지 못하게 된 것이다. 고산 적응훈련을 하지 않은 사람은 고산 증세로 고생하지 않았는데, 훈련을 심하게 한 사람이 그 훈련 때문에 고산병에 걸려버린 것이다.

야크 카르카에서 마냥으로 내려오는 발걸음은 가벼웠고, 상주의 상태도 그럭저럭 견딜 만했었지만, 한 가지 염려되는 점이 또 있었다. 그것은 가장 젊은 상주가 혼자서 낙오되어 토롱 라 패스를 넘지 못한다는 열패감을 느낄 수도 있다는 점이다. 다행하게도 상주는 그 점에 대해서 제법 대범하게 받아들이는 눈치다. 오히려 '토롱 페디로 올라간 일행들이 잘 가고 있을까, 얼마나 고생할까' 하는 걱정의 마음과 '다들 고생하는데 자기만 편하게 내려간다'는 미안한 마음을 자주 드러내 보인다. 또 자기 때문에 아버지까지 토롱 라 패스를 넘지 못하게 되었다고 내게 미안한 마음도 내비친다.

나는 상주와 함께 산길을 터덕터덕 걸어 내려오며 나의 이야기를 해준다:

사람들은 정상에 올라가기를 즐긴다. 등산을 하면 정상에 도달한 것에 대해 특별한 의미를 부여하고, 정상이 곧 등산의 완성이라고 여긴다. 특히 정상 정복을 목표로 하는 전문 산악인들에게는 정상이 곧 산행의 전부이기도 하다. 그러나 나는 등산을 할 때, 정상에 오르는 것에 별 의미를 두지 않는다. 나에게 등산은 걷는 과정이지 어떤 목표점이나 정상이 아니다. 그래서 정상에 올라가 환호하기보다는 정상 바로 아래의 호젓한 바위에 앉아 정상을 여유 있게 바라보는 것을 더 좋아한다. 산행 시간이 열 시간이라면 정상에서 머무는 시간은 길어봐야 십여 분이다. 그 십 분을 위해서 아홉 시간 오십 분의 소모가 있어야 한다면 그것은 너무 허무하다. 나에게는 십 분의 영광이 없더라도 아홉 시간 오십 분의 의미가 소중하다. 나는 산의 품 안에서 걷고 즐기기 위해 산에 가지 산정에 오르는 짧은 정복감을 위해서 산에 가지는 않는다.

이러한 등산 태도는 삶에도 적용된다. 나는 1등보다는 2등이나 3등을 더 좋아한다. 능력이 모자라 1등을 못 하고 2등을 해도 좋지만, 그보다는 1등 할 능력이 있음에도 불구하고 2등만 하는 것이 더 좋다. 왜냐하면 그만큼 여유가 생기기 때문이다. 정상은 항상 내려갈 일밖에 남지 않은 상황이다. 그에 비해 2등이나 3등은 조금의 노력으로 더 나아질 수 있는 상황이다. 즉, 미래가 낙관적이고 여유가 있는 상황이다. 그리고 1등은 항상 주목과 동경의 대상이 되어 영광이 큰 만큼 번잡한 일도 많은 법이다. 1등은 결코 조용하게 살 수 없다. 그러나 2등이나 3등은 실속 있게 숨어 살 수 있고, 다른 사람들로부터 시기나 질시를 받을 일

| 안나푸르나, 아이러니푸르나 |

도 상대적으로 훨씬 적다. 또 1등은 자기밖에 쳐다볼 여유가 없는 사람이고, 자기보다 나은 사람이 주변에 없어 역할모델을 찾기 어려운 사람이고, 주변 사람들이 다 자기보다 낮아 오만해지기 쉬운 사람이다. 그러나 2등이나 3등은 자기의 아래, 위로 모두 사람이 있고, 자기 밖의 사람들을 쳐다볼 여유가 있는 사람이다. 1등은 멋진 풍운아는 될 수 있을지언정, 2등이나 3등과 같이 건실하고 실속 있는 생활인은 되기 어렵다.

어떤 선택을 할 때도 같은 논리를 적용할 수 있다. 만약 미스코리아 진과도 결혼할 수 있고, 미스코리아 최종 후보와도 결혼할 수 있다면, 그리고 다른 조건이 같다면, 미스코리아 진선미에 들지 못한 최종 후보와 결혼하는 것이 더 실속 있는 일일 수 있다. 그 둘은 모두 대단한 미녀라서 별로 차이가 없지만, 미스코리아 진은 1등이라는 이름 때문에 나중에 알게 모르게 지불해야 할 비용이 훨씬 많아지게 될 것이기 때문이다. 물건을 살 때도 마찬가지다. 가진 돈으로 1등 제품을 살 수 있더라도 만약 2등 제품을 산다면 그 가격차만큼의 여윳돈을 가지고 여러 가지 추가 선택을 할 수 있을 것이다. 만약 점심 값 100원이 있는데, 100원짜리 돈가스를 사 먹지 않고 90원짜리 우동을 사 먹으면 나머지 10원으로 적선을 할 수도 있고, 아이스크림을 사 먹을 수도 있고, 사탕을 사서 친구들과 나눠 먹을 수도 있을 것이다.

사람들은 대개 자기에게 주어진 삶보다 더 나은 삶을 살려고 아등바등한다. 다시 말해 분수를 초과해서 살려고 애를 쓴다. 그러나 어떤 사람들은 자기 분수에 맞추어, 자기에게 주어진 만큼만 살려고 노력한다.

안분지족을 추구하는 훌륭한 이들이다. 이들보다 더 훌륭한 사람들도 있다. 어떤 시인은 "나에게 허락된 것이 아직 남은 지금, 나는 조용히 하직하고 싶다"고 노래했다. 그는 자기 분수보다 더 낮추어 살고자 했고, 자기에게 주어진 삶조차도 남기려 했다.

다하지 않는 것, 남겨두는 것은 훌륭한 미덕일 수 있다. 흔히 최선을 다하라고 말한다. 최선을 다하는 것이 좋은 것이라면, 다하지 않고 남겨두는 것은 좋지 않은 것이라고 생각할 수 있다. 그러나 '최선을 다하는 것'과 '다하지 않고 남겨두는 것'이 꼭 배타적인 것은 아니다. 최선을 다해 얻은 결과물의 일부를 남겨둘 수도 있고, 자기가 하고자 하는 범위를 정해서 그 안에서 최선을 다할 수도 있다. 혹은 남겨두기 위해서 최선을 다해야 할 때도 있다.

감나무의 감도 몇 개는 남겨두어 까치밥이 되게 하고, 주방의 파리도 다 잡지 않고 한 마리쯤 남겨두고, 일상 속에서 나태나 심심함도 조금 남겨두고, 주변에 싫은 사람도 한두 사람쯤 남겨두고, 자신의 결점도 사소한 것 두어 개는 남겨두는 편이 좋을 수 있다고 생각한다. 내가 토롱 라 패스를 바로 앞에 두고, 야크 카르카에서 하산하는 것도 이런 식으로 합리화될 수 있을 것이다. 토롱 라 패스를 넘기 위해 많은 준비를 해서 여기까지 왔지만, 토롱 라 패스를 바로 앞에 두고 포기함으로써 더 좋은 결과를 얻을 수 있는 아이러니가 있는 곳이 바로 우리가 사는 세상일 것이다. 바로 목전에서 포기해야 하는 안타까운 일들이 세상에는 얼마나 많으며, 또 그 포기가 의외의 이득을 가져다주는 아이러니는 또 얼마나 많은가!

상주와 참으로 오랜만에 긴 이야기를 했다. 함께 여행을 하면 많은 이야기를 할 것 같지만, 여행을 떠난 지 열흘 정도나 흘렀어도 사실 별다른 이야기를 나누지 못했다. 서울에서는 더 말할 것도 없다. 여행의 일정을 포기했기 때문에 이야기할 기회가 새로 생긴 것일까? 이것도 아이러니일까?

5

트래킹의 끝, 훔데

틸리초 호텔에서 점심식사를 간단히 하고, 훔데로 출발했다. 오후가
되자 또 바람이 강해지고, 추워진다. 위로 올라간 일행들은 지금쯤
토롱 페디에 도착했을까? 토롱 페디에서 점심을 먹고 하이캠프까지
갈 예정이라고 했는데, 얼마나 힘들고 추울까 걱정이 된다.

마낭을 출발한 지 얼마 되지 않아, 키가 큰 서양인 트래커가 우리
를 따라잡는다. 캐나다인이며, 어제 묵티나트에서 토롱 라 패스를 넘
어 레다Letdar에서 자고 오늘 피상까지 내려갈 예정이라고 한다. 등
에는 약 50리터 정도 되는 배낭을 메고 있고, 머리에는 털모자를 썼
으나 윗도리는 얇은 셔츠 하나가 고작이다. 몸은 가늘지만 잘 걷고,
체력이 좋고, 추위에도 강하고 게다가 불결하고 불편한 환경에도 아
주 잘 견디는 것처럼 보인다. 저런 차림으로 혼자서 짐을 메고 그렇

| 안나푸르나, 아이러니푸르나 |

게 토롱 라 패스를 쉽게 넘어 다닐 정도가 되어야 트래킹을 한다고 말할 수 있을 것 같다. 우리처럼 온갖 준비 다 하고, 짐은 포터에게 맡기고, 그래도 제대로 걷지도 못하고 지쳐버리는 사람들은 트래커가 아니라 투어리스트tourist라고 해야 할 것 같다.

바람 소리가 거세어 캐나다인의 말소리가 잘 들리지 않는다. 억지로 신경을 곤두세워 영어로 대화하려니 피곤해서 내가 "굿 럭!" 하고, 먼저 앞서 가란 뜻을 전하니 성큼성큼 앞서 내려간다. 조금 있으니 그 캐나다인은 쇠줄다리를 건너 밀라레파 곰파(사원) 쪽으로 간다. 훔데로 내려가려면 다리를 건너면 안 되는데 그는 엉뚱한 길로 간 것이다. 이제 우리는 계곡의 왼쪽으로 내려가고 그는 계곡의 오른쪽으로 내려간다. 한 1킬로미터 정도 내려가니 계곡이 오른쪽으로 휘어 그의 앞길을 막는다. 그는 계곡을 건널 수가 없어 우왕좌왕한다. 포터가 그를 보고 더 오른쪽으로 돌아서 계속 강을 따라 앞으로 가면 된다는 몸짓 사인을 보낸다. 그는 길도 없는 곳을 헤매며 계속 강의 오른쪽 언덕을 따라 걷는다. 우리는 계속 그를 주시하며 그가 가야 할 방향을 손짓으로 알려주었다. 약 삼십 분쯤 지나서 우리가 또 하나의 쇠줄다리를 건널 즈음, 그는 비로소 길을 찾아 우리와 다시 합류하였다. 그는 나에게 고맙다고 하며, 자기가 바보같이 길을 잘못 들어 고생을 했다고 자책한다. 나는 그에게 당신은 가이드나 포터도 없이 혼자 다니니까 충분히 그럴 수 있다고 위로했다. 사실 혼자 이런 곳을 트래킹하자면 뜻밖의 곤욕을 치르는 일도 많을 것이다.

원하진 않았지만 자연스레 홈데까지 그 캐나다인과 이야기하며 함께 걷게 되었다. 내가 밴쿠버에 일 년 살았던 이야기, 밴쿠버 부근의 트래킹 코스와 레이너 산 이야기, 그리고 밴쿠버와 서울의 물가 이야기, 고소 증세에 대한 이야기, 토롱 라 패스의 산길 사정 등등 많은 이야기를 나누었다. 이런 젊은이들은 매우 궁색하고 초라해 보여도 대화의 수준은 제법 높다. 대화의 매너와 지적인 훈련이 물질적 수준과 상관없이 일정 수준에 도달한 사회의 구성원이라는 느낌을 준다. 어떻게 보면, 섣부른 개인적 판단이나 감정을 절제하고 사실을 존중하고 사실적 정보에 대한 이야기를 주로 하기 때문에 대화의 격이 저절로 생기는지 모르겠다. 물질적 빈곤에 대한 거부감이나 두려움이 없다는 (혹은 적다는) 것이 그런 인상을 남기는 것인지도 모른다. 나의 젊은 시절에 저 젊은이처럼 세상에 대한 두려움이 별로 없었던 적이 있었던가? 돌이켜보면 나는 늘 두려움과 걱정이 많았던 것 같다.

캐나다 젊은이와 대화에 열중하다 보니, 바라가도 그냥 지나게 되고, 홈데까지 곧장 오게 된다. 홈데에서 티켓팅부터 해야 하는데, 비행장 대합실 같은 창고는 잠겨 있고, 비행장 사무실이 따로 있는지가 의문이다. 어디서 티켓팅을 해야 하는지 포터에게 물으니, 포터는 일단 로지에 짐을 갖다 두자고 한다. 그래서 우리는 캐나다인 친구와 작별을 하고, 그저께 점심을 먹으면서 좋은 인상을 가졌던 간다키 호텔로 들어갔다. 주방에서 여주인이 나오면서 알은체하며 반갑

| 안나푸르나, 아이러니푸르나 |

게 웃는다. 로지 마당의 테이블에서 서양 여자 두 명과 네팔인 한 사람이 무슨 서류작업을 하고 있다. 알고 보니 서양 여자 두 명이 티켓팅을 하는 중이다. 우리도 티켓팅을 하려고 에이전시를 찾는 중이라고 했더니, 서양 여자 중 한 명이 제대로 찾아왔다며 하이파이브를 하면서 환대해준다.

그러니까 이곳 훔데에서는 공항 업무를 보는 사무실이 따로 있는 것이 아니라 그냥 어떤 개인이 그 업무를 위탁받아서 처리하고 있는 것 같다. 서양 여자 두 명의 티켓을 끊어주고 난 후, 그 네팔 남자는 우리를 데리고 자기 집으로 갔다. 아마도 티켓 용지가 집에 있어 다시 그곳으로 가야 하는 듯하다. 그 네팔 남자를 따라가니 그 남자 역시 로지를 운영하는 모양이다. 얼음이 곳곳에 얼어 있는 마당과 계단을 건너 2층으로 갔다. 남루한 하숙방 같은 그의 방이 나온다. 그는 방 안에서 부스럭거리더니 티켓 용지를 꺼내서 나온다. 그러고는 방 안이 더 추우니 밖에서 티켓팅을 하자며 베란다 의자에 앉는다.

훔데에서 포카라까지 요금은 94달러. 카드로 지불해도 되느냐고 묻자, 보다시피 여긴 은행 같은 게 없는 곳이니 카드가 안 되고, 달러 현금만 된다고 한다. 188달러를 주고, 나와 상주의 티켓을 받았다. 탑승 게이트 같은 게 적혔을 리는 없지만, 비행기 좌석조차도 적혀 있지 않다. 티켓팅을 하고 나니 마음이 한결 가볍다. 내일 아침, 특별한 기상 이변이 없는 한 비행기를 타고 포카라로 가게 될 것이다. 훔데 비행장에서의 비행기 탑승이 어떨지 정말 기대된다. 내일 비행기로 포카라에 가게 된다면, 사실상 오늘이 안나푸르나 트래킹의 마지막 날이다. 이제 나는 트래킹을 마친 셈이다.

티켓팅을 마치고 가벼운 걸음으로 간다키 호텔에 돌아와서 짐을 풀었다. 비행기 편이 잘 해결되어서 모든 것이 순조롭다. 트래킹이 끝났다는 해방감도 든다. 방에 들어오니 역시 깔끔하다. 모든 로지의 구조는 유사하다. 목조 건물이며, 2인실에는 간단한 나무침대가 양쪽 벽에 붙어 있고, 거기에 흰 시트가 깔린 얇은 매트리스 한 장이 놓여 있을 뿐이다. 로지에 따라 조그만 나무 탁자가 하나 있는 곳도 있고, 없는 곳도 있다. 옷을 걸어두는 못 같은 것도 대부분 없고, 모든 게 어설프고 조잡하다. 기본적으로 유사하지만, 그러나 주인의 감각과 손길에 따라 방의 분위기는 사뭇 달라진다. 간다키 호텔은 시트나 베개가 깨끗해 보이고, 반듯하게 정돈되어 있다. 바닥도 비교적 깨끗하다. 특히 창틈에 방풍테이프를 붙여둔 것은 다른 로지에서는 전혀 볼 수 없는 광경이다. 역시 주인의 부지런함과 깔끔함이 로지의 분위기를 완전히 바꾼다. 언제 어디서나 주인이 중요하고, 사람이 중요하다. 분위기는 깔끔한 편이었으나, 추위는 여기서도 어쩔 도리가 없다.

이제 비행기 표도 샀고, 트래킹도 마쳤으니, 따뜻한 물을 얻어 목욕을 하고 싶다. 그래서 짙고 탁하게 눌어붙은 피로와 지저분함을 씻어내고 싶다. 여유를 가지고 이것저것 준비를 해서 샤워실로 갔다. 샤워장이 어두워 헤드랜턴을 켜고 있어야 한다. 뜨거운 물을 2리터

| 안나푸르나, 아이러니푸르나 |

정도 얻어서 찬물과 섞어 양동이에 담아두고, 세숫대야(그들은 워싱볼washing bowl이라고 했다)에 물을 퍼서 머리를 감았다. 물이 별로 따뜻하지 않고, 샤워장이 추워서 곤혹스러웠다. 그리고 샤워실 배수구에 얼음이 얼어서 물이 전혀 내려가지 않는다. 샤워가 거의 불가능하다. 나는 추위에 떨며 간신히 머리를 감고, 수건에 더운 물을 적셔서 마치 냉수마찰을 하듯이 몸을 닦아내는 것으로 만족할 수밖에 없었다. 사용한 물은 옆 칸인 화장실에 갖다 버렸다.

그러나 추위에 떨면서 이렇게라도 먼지를 씻어내고 옷을 갈아입자 한결 심리적으로 안정감이 생기고, 그럴 때마다 고생하고 있을 일행들에 대한 미안함과 걱정이 앞선다. 머리를 감아 더 추워진 나는 따뜻한 불을 찾아 주방으로 내려갔다. 주방의 나무 화덕 주변에는 다섯 사람이 불을 쬐고 있다. 서양 여자 둘, 그들의 가이드 하나, 우리 포터 두 명이 화덕을 둘러싸고 있다. 나와 상주도 그들 틈에 끼었다.

서양 여자들은 매우 수다스럽고, 격의 없고, 에너지 넘친다. 엄마와 딸이라고 하는데, 엄마는 예순쯤 되어 보이고, 딸은 이십 대 후반으로 보인다. 그리스에서 왔다고 하는데, 스스로 '가짜 그리스인fake Greek'이라며 깔깔댄다. 엄마는 벨기에 여자인데 그리스 남자에게 시집와서 그리스인이 되었다는 것이다. 엄마 이름은 미에, 딸 이름은 나오미이다. 네팔에 자주 오는 것 같다. 딸은 사진기를 들고 다니며 사진을 많이 찍었는지 그 사진들을 노트북에 저장해서 다시 보고 있다. 그들은 며칠 전 트래킹을 해보려고 포카라에서 비행기를 타고 홈데까지 와서 그제 마낭까지 걸어갔는데, 고산 증세와 배탈과 추위에 혼이 나서 바로 다시 홈데로 내려왔고, 내일 비행기를 타고 포카라로 돌아간다고 한다. 아마도 네팔에서 꽤 오랫동안 머물고 있는 것 같다.

이제 트래킹이 끝이 났으니 럭시 한 잔 즐겨도 될 것 같다. 여주인에게 럭시 한 잔을 주문하며 포터들에게도 권하니 시얌만 한 잔 하겠다고 하고, 대학생인 바르샤람은 술을 먹지 않는다고 한다. 어설프게나마 몸을 씻고, 불가에 앉아 럭시를 한 잔 마시니, 새삼스럽게 작은 행복감과 충만감이 내 신경을 부드럽게 만든다. 나는 럭시 안주로 점심때 먹다 남은 감자를 소금에 찍어 먹었다. 소금을 네팔어로 '눈'이라고 한다. 내가 한국어로 '눈'은 'eye'와 'snow'를 뜻한다고 말해 주었더니 서양 여자는 아주 재미있다며 깔깔댄다. 그들은 네팔 가이드에게 네팔어 단어를 배우고 있었다. 그네들의 가이드는 깔끔하고 총명해 보이는 청년이다.

그때 밖에서 두런거리는 소리가 들려서 보니, 한국인으로 보이는 트래커 몇 명이 로지로 들어온다. 젊은이들이다. 한국인들이 네팔 구석구석을 이렇게 누비는구나 하는 생각이 든다. 아마도 전 세계를 누비겠지. 이것도 국력일 것이다. 한국 젊은이 네 명과 포터 겸 가이드가 한 명인데, 세 명은 카트만두에서 봉사활동을 하고 있고, 나머지 한 명은 한국에서 왔다고 한다. 아마도 한국에서 친구가 놀러온 것을 기회로 안나푸르나를 구경 온 것 같다. 그런 만큼, 안나푸르나를 만

| 안나푸르나, 아이러니푸르나 |

만하게 보고 별 준비도 없이 무심히 길을 나선 것은 아닌가 싶어서 좀 걱정도 되고 불안하기도 하다. 추위, 고산병에 대해서 다소 무지해 보인다. 방한복과 아이젠도 없이 토롱 라 패스를 넘을 작정인가 보다. 그런가 하면 마낭에서 말을 빌려 타고 아이스 레이크까지 가 볼 예정이라고 하는데, 정말 웃기는 소리로 들린다. 네팔에서 좀 살아봤다고 너무 건방진 태도로 안나푸르나에 온 것인지 아니면 내가 너무 심각하게 준비하고 걱정하며 안나푸르나에 온 것인지 헷갈린다. 아마 전자일 것이다. 고생 좀 해보라고, 더 이상의 정보를 주기도 싫어진다.

저녁때가 되자 여주인은 우리를 모두 2층 식당으로 올려보냈다. 이제부터 화덕에서 저녁 요리를 해야 하기 때문이다. 2층에 가보니, 한가운데 아주 조그만 석유난로가 석유 냄새를 피우고 있다. 석유난로가 오히려 사람 온기를 필요로 하는 것 같다. 한심하고 춥다. 아직 상주의 배 상태가 불안한지라 저녁으로는 치킨수프와 차파티와 꿀을 시켜서 먹었다. 상주가 심리적으로나 육체적으로 금세 회복되는 것처럼 보여 다행이다. 모든 게 훨씬 편해지고, 부드러워졌다. 일행과 떨어져서 상주와 호젓하게 둘이서 여행을 하고 음식을 골라 먹으니 훨씬 안정감이 높아지고, 나를 찾는 시간이 많아진다. 보다 순수한 여행의 시간이 되는 것 같다. 심리적 안정감과 약간의 육체적 여유를 찾을수록 위로 올라간 동료들이 걱정된다. 오늘 밤 그들은 무사히 하이캠프까지 갔을까? 그곳은 또 얼마나 사정이 열악할까?

추운 식당에서 수프와 빵과 달걀로 저녁식사를 마친 후 방에서 짐을 정리했다. 이제 트래킹이 끝난 셈이므로 트래킹과 관련된 물건들은 사용할 일이 없다. 양말, 장갑, 약간의 옷가지, 약품, 간식, 수건, 가방 등등 꽤 많은 물건들이 정리의 대상이 된다. 한국에 가져가면 다시 쓸 수 있는 물건들이긴 하지만, 대부분의 물건들은 한국에서보다 이곳 네팔에서 더 가치가 크고 유용하게 사용될 것 같다. 네팔은 정말 물자가 귀한 곳이기 때문이다.

상주와 나는 정리할 짐들을 침대 위에 널어놓고 두 명의 포터를 불렀다. 그리고 교대로 하나씩 선택하게 해서 나누어 주었다. 이틀 전에도 우리 일행은 마낭에서 양말과 장갑과 스패츠와 아이젠의 여유분, 그리고 따로 준비해 온 약간의 학용품을 모아서 포터들에게 나누어 준 적이 있다. 여러 종류의 물건을 여러 사람에게 공평하게 또는 각자의 필요나 선호를 존중해서 나누어 줄 수 있는 방법을 궁리해야 했다. 가이드에게 포터들의 순서를 정하라고 하고, 그 순서에 따라 한 사람이 한 개씩 선택해서 가지게 했다. 물건이 많아서 한 사람이 세 번 이상 선택할 수 있었다. 포터들도 이 방법에 만족하고 즐거워했다. 물건을 나누어 주는 축제 한마당이 되었다.

오늘 저녁에는 두 포터가 그때보다 더 많은 물건을 가지게 되었다. 한국에서는 버려도 그만인 하찮은 물건이 대부분이었지만, 여기서는 매우 소중하고 유용한 물건이 된다. 네팔 사람들은 정말 최소한의 것들만을 가지고 생활하는 것 같다. 겨울철이지만 이곳 사람들은 맨

| 안나푸르나, 아이러니푸르나 |

발에 슬리퍼를 신고 다닌다. 한국에서는 그렇게 흔한 목장갑도 여기서는 소중한 장비가 된다. 나는 서울의 우리 집에 쌓여 있는 수많은 물건들을 생각해본다. 사용하지도 않고, 그렇다고 버리기도 아까운 수많은 물건들, 그리고 함부로 아까운 줄 모르고 사용하는 물건들, 어디에 두었는지도 가물가물한 물건들……. 우리 집에는 수많은 물건이 구석구석에 쌓여 있지만, 우리 식구들의 사랑을 지속적으로 받고 소중하게 다루어지는 물건은 정말 몇 안 된다. 물건이 너무 많은 곳에서 물건과 사람의 관계는 정겹지 않다. 네팔에서는 물건이 너무 없어서 거의 모든 물건이 소중하고, 그래서 물건과 사람의 관계는 정겹다. 사람과 물건의 관계가 좋아야 좋은 세상일 것 같다. 사람과 물건의 관계 정상화를 위해서 우리는 좀 더 검소하게 살아야 하는 것이 아닐까?

어지간한 것들을 모두 나눠 주고 나니, 상주와 나의 카고백 두 개를 하나로 줄일 수 있다. 짐이 줄어드니 마음의 짐도 줄어든다. 그래도 아직 우리의 짐은 너무 많다. 물건이 많을수록 영혼과 육체는 허약해지는지도 모른다.

6

가난한 나라의 비싼 문명 1—비행기

1월 28일 목요일 아침, 오늘 나와 상주는 홈데에서 비행기를 타고 포카라로 가고, 일행은 트래킹의 가장 어려운 마지막 관문인 토롱 라 패스를 넘게 된다. 동료들은 모두 혹한기 훈련을 떠나는데, 상주와 나만 포상 휴가를 받은 기분이다. 날씨는 맑다. 비행기 운행에 전혀 문제가 없을 것 같아 다행이고, 동료들이 토롱 라 패스를 넘는데 우호적인 날씨라 다행이다.

간다키 호텔에서 공항까지는 걸어서 오 분 거리, 바로 쳐다보이는 이웃이다. 6시 30분에 아침을 먹고 7시 30분까지 공항으로 갈 예정이었으나, 주방이 7시가 되어서야 움직인다. 짐을 다 꾸려서 내려오니, 그제야 포터들이 라면 같은 것을 끓여서 선 채로 먹고 있다. 저렇게 의식주가 간소해도 강한 육체를 유지할 수 있다는 데 존경심이 생긴다. 오히려 열악한 의식주가 사람의 동물로서의 건강성을 유지시켜주고 있는지도 모른다. 안락한 문명은 인간의 육체를 초라하게 만든다.

어제 저녁, 서양 여자에게 공항에 몇 시쯤 나가면 되느냐고 물었다. 그녀는 8시 30분 비행기이지만, 아주 천천히 나가도 된다고 했다. 보통 비행기가 좀솜Jomsom에서 포카라에 왔다가 다시 포카라에서 홈데로 오기 때문에 늦어지기 일쑤이며, 심지어는 로지에서 비행기가 활주로에 접근하는 것을 보고 공항으로 가도 늦지 않을 거라고 말했다. 그래서인지 서양 여자는 8시가 되었는데도 전혀 출발할 기미 없이 주방 화덕에서 불을 쬐고 있다. 그래도 나는 비행기에 대한 예의라고 생각하고, 8시가 조금 넘자 포터들을 데리고 공항으로 갔다.

공항 쪽으로 걸어가자, 반대쪽에서 경찰 몇 명이 어슬렁거리며 공항으로 온다. 어제는 잠겨 있던 철망 문이 열려 있다. 공항 건물은 버려진 창고와 같은데, 노란 페인트칠이 되어 있는 벽에는 비뚤한 글씨로 '홈데 에어포트'라고 적혀 있다. 정겹다. 단층으로 된 건물의 오른쪽 지붕에는 옥탑방이 있는데, 그것이 소위 관제탑인 것 같다. 건물 안으로 들어가자 어둡고, 썰렁하고, 황당하다. 그야말로 아무것도 없는, 오래 내버려둔 창고 같다. 어제 우리에게 표를 판 사람이 와서 다시 탑승권을 끊어준다. 그 곁에서 조금 전에 함께 온 경찰이 건성으로 나의 짐을 살피고 보안 검사를 마쳤다는 태그tag를 붙여준다. 또 다른 경찰은 낡은 노트를 펼쳐서 나와 상수의 트레킹 허가증을 받아 무엇인가 베껴 적는다. 그게 탑승 수속인 모양인데, 손님이 우리뿐이다.

8시 30분이 다 되어서야 서양 여자는 공항에 나타났다. 가이드와 함께 세 사람이 우리와 같은 탑승 수속을 하는데, 이미 경찰들과 안면이 있는지 웃고 떠들면서 어울린다. 공항에 사람이 좀 많아진다. 현지인으로 보이는 사람이 두엇 다녀갔고, 아주 초라한 행색의 노인과 야구모자를 쓴 꾀죄죄한 꼬마가 자기 집처럼 왔다 갔다 한다. 강아지도 한 마리 어슬렁거린다. 경찰도 두어 사람 더 왔다 갔다 한다. 탑승 수속을 마치고 기다리는데, 포터가 자기들은 이제 가도 되는지 묻고 싶은 눈치다. 그래서 고맙다고, 가도 좋다고 보냈다. 두 명의 포터는 아마도 오늘 상제까지 내려가 거기서 버스를 타고 카트만두로 갈 것이다. 어젯밤 물건을 많이 나누어 주었으므로 따로 팁은 주지 않았다.

승객은 상주와 나 그리고 서양 여자 일행 세 사람 해서 모두 다섯이다. 간단한 탑승 수속을 마치자 모두 할 일이 없고, 비행기는 아직 오지 않는다. 건물 안은 너무 황량하고 추워서 모두들 건물 밖으로 나와 해바라기를 한다. 경찰들도 마찬가지다. 나오미는 발이 많이 시린지 내내 콩콩대며 제자리뛰기를 하더니 마침내는 등산화를 풀고 손으로 발을 주무르기 시작한다. 경찰 중에 우리의 트래킹 허가증을 베껴 적었던 경찰이 아주 엉터리 영어로 말을 건넨다. 그들은 이 년 동안 이 마을에서 근무한다고 한다. 나는 주머니에서 사탕 한 개를 꺼내 그에게 주었다. 한국산이냐고 웃으며 묻는데, 순간 경찰의 딱딱한 이미지가 없어지고 천진한 촌사람의 표정이 나타난다.

9시 조금 전에 어디선가 날카로운 버저 소리가 들려온다. 경찰과 우리는 다시 건물 안으로 들어갔다. 왼편에 있는, 공중화장실 문같이 허술한 문으로 경찰이 우릴 안내한다. 경찰은 좀 멋쩍게 내 몸을 검색하는 척하더니만 건너편 문으로 나가게 한다. 건물 반대편 문으로 나가니 바로 활주로 곁이다. 이제 건물 저쪽에서 해바라기를 하던 사람들이 모두 활주로 쪽으로 옮겨 와서 해바라기를 한다. 짧은 활주로는 조용하기만 하고, 비행기는 아직 흔적도 없다.

다시 시간은 십오 분쯤 지났다. 그런데 어느새 우리 주변에 동네 사람들이 십여 명 나타나서 어슬렁거리고 있다. 비행기를 구경하러 나온 동네 사람들인가 의아했는데, 나중에 알고 보니 비행기로 오는 짐을 찾으러 온 사람들이다. 정말 소박하고 정겨운 비행장 풍경이다. 내가 좋아하는 비행장은 사천 비행장 같은 곳이다. 사천 비행장은 내가 가본 비행장 가운데서도 조그맣고, 만만하고, 편하고, 인간적인 비행장이다. 나는 어디가 어딘지 알 수 없는, 거대한 국제공항들을 대하면 불안감을 느낀다. 거기서 나는 한없이 왜소해진다. 그러나 훔데 비행장은 사천 비행장이 아니라 우리나라 70년대 시골 차부보다도 더 소박하다.

니에와 니오미는 여전히 활기차게 떠들고 사진도 찍는다. 나에게도 훔데 비행장이 좋냐고 묻는다. 나는 너무 흥미롭고 좋다고 진심으로 대답한다. 다시 버저가 한 번 울린다. 이번엔 모두가 조금 긴장하는 분위기다. 아마도 비행기가 곧 온다는 신호일 것이다. 우리는 모두 오른쪽 하늘을 올려다보며 비행기가 어디쯤 나타나는지 주시한다. 누군가가 저기 온다고 손가락질을 한다. 의외로 비행기는 협곡의 낮은 곳에서 오고 있는데, 아직 손톱만 한 크기로 보인다. 이윽고 비행기 엔진 소리가 서서히 크게 들리더니 장난감 같은 비행기의 모습이 분명히 시야에 들어온다.

조그만 비행기는 소리만 요란하다. 부서질 듯 활주로에 내려서 가볍게 회전하더니 멈춘다. 정말 시골 아이의 오래된 장난감 같은 비행기다. 크기는 버스보다 작아 보인다. 동체에 'Nepal Airline' '9N-ABO'라고 반듯한 글씨로 적힌 것이 오히려 신기하다. 비행기가 멈추자 티켓팅을 하던 남자와 노인과 꼬마가 제일 먼저 달려간다. 노인이 비행기의 계단문이 열리는 것을 돕는다. 조그만 계단문으로 어떤 귀부인이 내린다. 머리를 틀어 올리고 계란색 긴 스카프를 한 세련된 여자다. 남자는 그녀에게서 어떤 봉투를 건네받는다. 그리고 앞으로 가서 조종석 문을 열고 조종사와 대화를 나눈다. 그러고 보니 조종사도 계란색 긴 스카프를 했다. 알고 보니 그 귀부인은 승무원이었다. 비행기는 한 명의 손님도 없이 승무원만 태우고 온 것이다.

그사이 조종석 아래 문과 뒤쪽 문이 열리고 짐이 내려진다. 꾀죄죄한 노인과 꼬마는 소위 카고맨이었다. 꼬마가 노인의 목말을 타고 잽싸게 화물칸으로 올라가서 짐을 끌어내주면 노인은 그것을 땅에 내린다. 화물칸에서 나오는 물건들은 의외로 많다. 그 물건들은 박스나 보따리 또는 판자 묶음 같은 것으로, 마치 시골 완행버스의 짐칸에서 부려지는 짐의 모습처럼 소박하고 정겹다. 짐을 다 내리자 이번에는 떠날 짐을 싣는다. 떠날 짐은 별로 많지 않다. 우리 승객들의 가방 몇 개와 동네사람들이 부치는 보따리 몇 개가 전부다.

화물 하역 작업이 끝나자 우리보고 비행기에 타라고 손짓한다. 비행기 트랩은 발판이 세 개인데, 너무 오래돼 모서리가 닳아 없어졌다. 조심스레 그 발판을 밟고 몸을 웅크려 비행기 안으로 들어갔다. 비행기 실내는 아주 오래된 마이크로버스 실내와 같이 옹색하다. 의자는 조잡하고 딱딱하고 좁은 검은 비닐 의자이고, 에어컨 환기구와 개인 조명과 기타 스위치들은 오래전부터 작동이 되지 않는 것처럼 보인다. 의자는 왼쪽에 일인용 한 줄, 오른쪽에 이인용 한 줄인데, 대략 눈짐작으로 스무 석 이하로 보인다. 앞은 조종석과 바로 통해서 조종사와 조종석의 계기판들이 훤히 보이고, 뒤를 보니 출입문 바로 뒷좌석(제일 뒷좌석이다)에 스튜어디스가 무표정하게 앉아 있다. 승객은 역시 앞서 말한 대로 다섯 명이다. 비행기가 내려서 다시 출발할 때까지, 아니 포카라에 도착할 때까지 스튜어디스가 한 일이라고는 멍하니 서 있는 것, 우리가 탑승할 때 조그만 쟁반에 솜과 사탕을 들고 서 있는 것, 그리고 뒷좌석에 그림자처럼 앉아 있는 것뿐이다. 스튜어디스가 왜 필요한 것일까?

학생들이 방학 숙제로 불용품 자재들을 모아 만든 상난감 비행기를 타는 기분이다. 그러나 무섭거나 불안하지는 않다. 차가 없는 동네에 정기적으로 운항하는 비행기가 있는 곳이 전 세계적으로 이곳 말고 또 있을까? 다시 프로펠러가 시끄러운 소음을 내며 돌아가고, 비행기가 가볍게 활주로를 달리나 했더니 곧 이륙한다. 고물 비행기가 거친 계곡 사이를 날아서 빠져나가는 것이 신기하다. 조금씩 고도를 높이니 설산이 바로 곁에 보인다. 눈 덮인 산정의 모습들이, 아래서 보는 설산의 모습과 사뭇 다르게 황량하다. 아래서는 안 보이던 폭포들도 여럿 보인다.

비행기의 흐린 창밖으로 약 십 분쯤 눈 덮인 산들과 구름이 보이더니만, 그 후로는 푸른 산이 보인다. 조그만 비행기 그림자가 푸른 산록을 구불거리며 지나간다. 어떤 크고 가파르고 푸른 산의 9부 능선쯤에 제법 넓은 터가 있고, 거기에 조그만 마을이 형성되어 있다. 마치 세상과 동떨어진 전설 속의 마을 같다. 저곳 사람들은 외부 세상과 거의 교류가 없을 것 같다. 평화롭고 신비하다. 세상과 멀어져 저런 마을에서 몇 달 가만히 지내보는 상상을 한다. 외부 세계와 거의 접촉 없이 저런 마을에서 평생을 단조롭게 살다 죽은 사람도 많을 것이다. 나도 전생에 그런 사람이어서 저 외진 고산의 외딴 마을에 관심이 가는 것일까?

비행기 밖의 풍경은 비행기가 점점 산속에서 도시로 다가간다는 느낌을 준다. 산들이 낮아지고, 다랑논과 집들이 점차 많이 보인다. 저 좁고 가파른 다랑논들은, 생존을 위한 고통을 상징하는 것이겠지만, 멀리서 보니 아름답다. 멀리서 보면 고통과 무질서가 보이지 않는다. 집과 도로와 개천과 다리와 논밭 같은 것이 무질서해 보여도, 하늘에서 내려다보면 질서 있게 보인다. 더러운 것도 잘 보이지 않는다. 논리와 질서를 발견하려면 크고 높은 관점이 필요할 것이고, 진실을 발견하려면 작고 가까운 관점이 필요할 것 같다.

약 삼십 분 정도의 비행을 끝내고 우리 비행기는 무사히 포카라 공항에 도착했다. 포카라 공항에서 문명 세계의 충격을 느낀다. 날씨마저 밝고 온화하다. 전근대의 세상에서 문명 세상으로 이동하는데 삼십 분이 걸렸다. 두 세계를 이어주는 비행기에도 두 세계의 모습이 있다. 비행기라는 하드웨어는 문명 세상의 것이지만, 그 외관과 탑승 절차 및 분위기는 전근대의 것이다. 비행기는 원시와 문명의 모습을 동시에 지니고, 전근대와 문명을 이어주는 타임머신처럼 보인다. 타임머신을 타고 문명으로 돌아온 삼십 분간의 여행 체험은 멋진 것이었다.

7

포카라와 카트만두

포카라 공항은 완전히 다른 세상이다. 조용하고, 밝고, 깨끗하고, 따뜻하다. 비행기는 공항 건물 바로 앞에 섰고, 우리 승객 다섯 명은 비행기에서 내렸다. 주변에 다른 비행기나 인파도 거의 눈에 띄지 않는다. 화물을 옮기는 직원 두어 명이 있을 뿐이다. 공기가 온화하고 달콤하다. 도착 대합실도 좁지만 환하다. 유리문 밖으로 둥근 정원 둘레에 택시 몇 대와 운전수 몇 명이 한가롭게 기다리고 있다. 푸른 야자수 두어 그루가 평화로운 분위기를 강조한다. 직원이 가져다준 카고백을 받아서 곧바로 택시를 탔다. 서양 여자가 소개한, 그들이 머물고 있는 바라히Barahi 호텔로 가기로 했다. 택시는 기아자동차의 경차인데, 깨끗하다.

공항에서 호텔까지는 택시로 약 5~10분 거리. 택시 창밖으로 보

| 안나푸르나, 아이러니푸르나 |

는 포카라의 거리는 놀랄 정도로 깨끗하다. 여기가 과연 네팔인가 싶다. 카트만두와는 달리 거리에는 더러운 쓰레기 더미가 거의 보이지 않는다. 택시는 등산용품과 레스토랑과 기념품 가게가 많은 거리를 지난다. 레스토랑들은 창과 문이 따로 없이 길거리 카페처럼 오픈돼 있다. 거기서 서양인들이 여유 있게 앉아 늦은 아침식사를 하고 있는데, 세련된 관광지의 평화로움이 느껴진다. 가게들도 그렇고 거리도 그렇고, 일정 수준 이상의 질서와 청결을 지키려는 의지가 보인다.

바라히 호텔은 규모는 작지만, 제법 호텔다운 호텔이다. 카운터에서 서양 여자는 그곳 직원들과 잘 아는 듯 반갑게 인사를 나눈다. 그리고 우리를 소개하며 좋은 방을 좋은 가격에 주라고 부탁하고는 먼저 자기들 방으로 간다. 전근대 세상에서 문명 세상으로 건너왔지만, 아직 시간은 오전 10시도 되지 않았다. 로비에 붙어 있는 레스토랑에서는 사람들이 뷔페식으로 준비된 아침식사를 맛있게 먹고 있다. 순간 문명 세상의 음식에 대한 시장기가 배에선지 머리에선지 퍼지기 시작한다.

마르고 하관이 좁고 광대뼈가 튀어 나오고 피부색이 검은 편이라 영화에서 본 듯한, 전형적인 인도 하인을 닮은 직원이 알아듣기 힘든 영어로 방과 숙박료에 대해 이야기한다. 자기들 단골인 미에 씨가 특별히 부탁했기 때문에 전망이 좋은 방을 싼 가격에 주겠다고 하면서, 원래 가격은 2인 1실(아침 포함, 세금 포함)에 90달러지만

60달러만 내라고 한다. 나는 미에 씨로부터 이 호텔의 방값이 하루에 55달러라고 들었다고 했더니, 그는 조금 당황한 듯 어물거리다가 그러면 특별가격으로 해드리겠다고 하면서 숙박계를 작성해달라고 한다.

나는 오늘 아침도 특별히 좀 먹게 해달라고 부탁했다. 그러나 그럴 수는 없고, 1인당 5달러만 내고 식사를 하라고 한다. 우리는 체크인을 하고, 아침부터 먹었다. 찬찬히 차려진 음식을 보니 첫인상보다는 허술하거나 소박하다. 겉보기는 서구의 호텔과 큰 차이가 없어 보이나, 자잘한 옹색함들이 여기가 네팔임을 문득문득 알려준다. 그러나 네팔에 온 이후로 이렇게 점잖은 음식을 이렇게 점잖게 먹어보기는 처음이다. 지금쯤 토롱 라 패스를 넘느라고 최악의 조건 속에서 고생하고 있을 나머지 일행 생각에 마음의 일부는 흐렸지만, 나머지 마음은 어쩔 수 없이 인간적 안락함에 활짝 맑아졌다. 우리는 타임머신을 타고 전근대에서 문명으로 건너온 것이 확실하다. 안나푸르나의 산골뿐만 아니라 카트만두까지도 전근대이다. 포카라에서 비로소 사람 취급을 받으니, 네팔 공항에 내린 첫날 만났던 카트만두의 모습이 다시 비교항으로 떠오른다. 카트만두와 포카라의 이미지가 이처럼 다른 이유가 무엇일까 내내 궁금하다.

카트만두

오후 2시경에 카트만두 공항에 도착했다. 시골 비행장처럼 소박
하다. 입국심사대에 컴퓨터 한 대 없다. 컴퓨터가 없다는 사실이
신선한 느낌을 준다. 짐을 찾는 곳으로 오니 사람들이 제법 북적
인다. 화물이 나오는 벨트는 하나인데, 길다. 카트가 모자라서 찾
아다녔지만 헛수고다. 짐은 좀처럼 나오지 않는다. 직원과 경비
원과 관리로 보이는 공항 관계자들은 제법 많은 편인데, 일하는
사람처럼 보이지는 않는다. 일하는 사람이라곤, 아주 지루하고
느린 동작으로 빗자루와 쓰레받기를 들고 다니며 청소하는 초라
한 여인뿐인 것 같다. 관계자는 많은데 실제 일하는 사람은 거의
없는 것은 후진국의 특징인지 모른다.

거의 한 시간이 걸려서 짐을 찾아 공항을 나왔다. 공항 출구를 나서자 바로 주차장인데, 비포장 공터에 고물차들이 많고, 그보다 더 많은 사람들이 웅성거리고 있다. 먼지와 무질서와 소음과

　　　　　　　| 안나푸르나, 아이러니푸르나 |

쓰레기가 카트만두의 첫인상이다. 현지 여행사 사장과 가이드가 우리를 기다리고 있다. 우리는 시간을 절약하기 위해서 호텔로 가는 길에 힌두사원을 잠시 둘러보기로 했다.

차가 공항 주차장을 빠져나오자 바로 오른쪽에 골프장이 보인다. 겨울이라 그린이나 페어웨이도 갈색이다. 골프 치는 사람도 없다. 전 세계의 이상한 골프장을 다 돌아다니며 세계일주 골프 여행을 하고 그 체험기를 『80라운드의 세계일주』란 책으로 펴낸 골프 칼럼니스트 에드워드 우드가 "로열이란 이름이 들어간 골프장 가운데서 가장 후진 골프장"이라고 말했던 그 로열 네팔 골

프장이 바로 여긴가 보다. 너무 후져도 그 때문에 주목을 받을 수 있는 것들이 네팔에는 많을 것 같다.

카트만두의 길거리는 어수선하다. 집도, 차도, 거리도, 사람도, 쓰레기 더미도 어수선하게 뒤엉켜 있다. 공항에서 십 분 정도 가더니 차는 길거리의 지저분한 공터에 멈춘다. 가이드가 오른쪽의 역시 엉성한 나무 박스로 가더니 사원 입장권을 산다. 사원으로 향하는 길의 오른편은 숲이고, 왼편은 마을이다. 마을은 집과 사람과 쓰레기의 평화로운 혼잡 속에 펼쳐져 있다. 빈곤한 기념품 가게들에는 목걸이와 액세서리와 화석들이 먼지를 뒤집어쓰고 있다.

곧이어 아주 지저분한 개울이 나오고, 개울 건너편이 화장장인데, 두 군데서 시체를 태우고 있다. 한 군데는 한참 태우고 있는 중이고, 다른 한 군데는 거의 다 태워서 개울물을 퍼다 재 위에 뿌리고 있다. 그 너머로 힌두사원 건물의 지붕들이 이어져 보인다. 파슈파티나트Pashupatinath 사원이다. 개울의 양편으로 구경꾼들이 제법 많다. 외국인들도 있고, 현지인들도 꽤 많은 듯하다. 저 지저분한 개울이 갠지스 강의 상류이며, 이곳에서 왕도, 귀족도, 평민도 장례를 치른다고 한다. 신성한 느낌은 거의 들지 않고, 야만스러운 느낌만 든다.

개울 오른편 위쪽으로는 공원이 있다. 공원 입구에 사두들이 몇 명 자리를 잡고 구걸을 한다. 사나운 원숭이들이 먹을 것을 찾아 계단을 오르내린다. 여인네 두엇이 땅콩과 담배 같은 것을 조금 펴놓고 노점을 하고 있다. 이곳의 풍경이 내 눈에는 삶의 다른 차원으로 보이지 않고, 그냥 불편하기만 하다. 관광객들도 현지

| 안나푸르나, 아이러니푸르나 |

인들도 대개 무표정하다. 우리 일행들도 사진은 열심히 찍지만 무표정하고 말도 별로 없다. 이 풍경을 어떻게 받아들여야 할지 알 수 없기 때문일 것이다.

다시 소형버스를 타고 호텔로 간다. 거리에는 사람들이 많다. 쓰레기도 많다. 열악한 주거환경이 그대로 노출되는 도로변이다. 길은 좁고, 정신이 없다. 좁은 길에 많은 것들이 뒤엉켜 있다. 사람, 인력거, 자동차, 쓰레기 더미가 엉켜 있는 도로는 동네사람들의 마당이기도 하다. 자동차들도 거의가 폐차 직전인 것 같다. 자동차는 아주 좁은 도로를 경적을 울리면서 절묘하게 빠져나간다. 타멜Thamel 거리가 가까워지면서 상점과 사람이 더 많아진다. 우리가 머물 호텔은 타멜 거리 입구에 있는 텐키Tenki 호텔이다. 시장통 싸구려 여관 같은 느낌이 드는 숙소다. 한국인 손님이 많은지, 입구에 한글로 여행 안내 광고를 해두었다. 텐키 호텔 건너편에는 '네팔 짱'이라는 한글로 적힌 여관도 있는데, 한국인 여행객들이 주된 고객인 곳으로 보인다. 네팔에서도 한국의 문화는 아직 고급이 못 된다. 한국 여행객들은 외모도 그렇고 돈 씀씀이도 그렇고 부자처럼 보이는데, 한국 문화의 이미지는 그렇지 못하다. 한글 간판을 단 여관이나 음식점은 세계 어딜 가나 아직도 구질구질하고 촌스럽다는 느낌을 주는 곳이 대부분이고, 또 손님도 한국 사람들이 대부분이다.

호텔은 정전 상태이다. 저녁 6시가 되어야 전기가 들어온다고 한다. 방을 배정받고 짐을 풀었다. 한국에서부터 네팔의 호텔에 대한 기대값은 거의 없었고, 카트만두에 도착한 이후로는 그런 감정이 더욱 위축되었기 때문에 텐키 호텔의 허술함이 나를 실

망시키지는 않는다. 오히려 겉만 크고 화려한 중국 관광지의 호텔과 비교되면서 소박한 느낌이 들기도 한다.

호텔이 있는 타멜 거리는 외국인들이 가장 많이 붐비는 곳이고, 호텔, 식당, 상점 등이 가장 많이 모여 있는 곳이다. 상가에는 등산용품 가게와 캐시미어와 카펫 등을 파는 가게가 가장 많고, 그다음에 자잘한 기념품 가게가 많다. 환전상도 많다. 좁은 뒷골목 같은 곳이지만, 인력거와 차와 사람과 상인과 관광객이 뒤엉켜 복잡하다. 특히 차가 지나갈 때는 경적소리와 매연으로 신경이 날카로워진다. 매연과 먼지 때문에 숨쉬기가 거북하다. 발밑의 쓰레기도 주의해야 한다.

저녁식사는 호텔의 지하식당에서, 네팔에 도착한 기념으로 모두 달밧dalbat이라는 네팔 음식을 시켜 먹었다. 달밧은 네팔

| 안나푸르나, 아이러니푸르나 |

식 백반 같은 것으로, 그냥 먹을 만했다. 저녁식사 후, 호텔에서 쉬었다. 카트만두 거리에 나가고 싶은 마음이 전혀 없다. 빨리 설산의 정적 속으로 도망가고 싶다. 아직 카트만두의 매력이 무엇인지 알 수가 없다. 그냥 쓰레기와 먼지와 소음과 매연과 복잡함과 무질서함에 정신이 없을 뿐이다. 이런 곳에서 400만 인구가 살아갈 수 있다는 사실이 놀라울 뿐이다. 그러나 한편으로 생각해보면, 내가 아직 댓살배기 꼬마였을 때, 내가 살던 부산 수정동의 산동네(떠돌이들이나 피난민들의 판자촌 마을)도 이렇지 않았나 싶다.

▲ 1월 19일 네팔 2일차

카트만두에서 불부레까지 버스 여행

오늘은 카트만두에서 불부레까지 버스로 이동하는 날이다. 본격적인 트래킹은 내일 불부레에서 시작될 것이다. 여행사에서 마련한 버스는 네팔적이다. 큰 자동차 공장에서 만든 버스가 아니라 동네 철물점에서 조립한 버스 같다. 색깔도 알록달록하게 칠해졌고, 창문이나 손잡이도 제각각 손으로 만들어 붙인 것 같다. 짐들은 버스의 지붕에 싣고, 포터들은 버스 앞부분의 작은 방처럼 된 공간에 앉았다. 출입문에는 남자 차장이 있다. 차장이라기보다는 조수일 것이다. 길이 좁거나 험한 곳들이 많아서, 그리고 도로 사정이 좋지 않아서 조수의 역할이 중요하다. 낭떠러지의 좁은 길에서 두 차가 교차할 때 조수의 도움이 없이는 교차 진행이 불가능해 보이는 곳이 많다.

버스 창으로 내다보는 카트만두의 거리 모습은 어제와 비슷하다. 내가 저 거리에 속해 있지 않고 버스 속의 공간에 관광객으로 분리되어 있다는 사실이, 조잡한 장난감 같은 버스와 불편한 의자에도 불구하고, 안도감을 준다. 버스는 자주 멈추었는데, 곳곳에 있는 듯 없는 듯 있는 경찰에게 통행료도 내고 통행 허가도 얻는 모양이다. 우리가 가는 길은 그냥 허술한 동네 신작로 같은데, 그게 네팔에서 유일한 고속도로라고 한다.

버스가 시내를 벗어난 듯하자, 매우 가파르고 굴곡진 언덕길을 끝없이 내려간다. 대관령에서 양양으로 내려가는 옛길보다 훨씬 길고 위험해 보이는 길이다. 그 길로 차들은 꼬리에 꼬리를

| 안나푸르나, 아이러니푸르나 |

물고 이어진다. 특히 대형차들이 많다. 인도의 타타 자동차 회사에서 만든 큰 화물차들과 버스들이 많다. 화물차에는 화물이 아슬아슬하게 실려 있고, 버스에는 헤아리기 어려울 만치 많은 사람이 타고 있으며, 때로는 버스 지붕에도 사람들이 타고 있다. 차의 외면에는 알록달록한 그림과 글씨가 쓰여 있는데, 아마도 힌두교의 신들에게 안전과 행복을 기원하는 그림인 듯하다. 차가 가파른 언덕을 힘겹게 올라오다가 엔진이 꺼지면 길이 막히게 된다. 그러면 어디선지 경찰 한 사람이 나타나서 한쪽 차선을 이용해 교대로 차들이 지나가도록 통제하고 지휘한다. 아주 무질서해 보이지만, 이런 식의 최소한의 질서가 있나 보다. 후진국은 엉망인 상태를 유지하며 사는 기술이 탁월하다. 그것이 인간의 생존능력을 기워 주기 때문일 것이다.

버스는 오래오래 가파른 언덕길을 조심스레 내려간다. 고속도로라 하지만 시속 20킬로미터나 될까 싶다. 도로는 이미 파이고 무너져서 노면이 엉망이다. 저 아래쪽 길에서부터 꼬리를 물고 올라오는 차량 행렬이 아득히 보이기도 한다. 그런가 하면 내려온 쪽에서 되올라 오면, 산꼭대기까지 다랑논들이 있고, 집들이 드문드문 있다.

두세 시간 지나자, 비로소 계곡물이 보이고, 내리막은 거의 다 내려온 듯하다. 언덕을 다 내려오자 길과 길가의 풍경은 조금씩 안정감을 찾는다. 계곡물은 탁하고 물살은 거칠다. 강에는 거친 돌멩이들이 많다. 강변에는 허름한 판잣집들이 있고, 그 가난한 내부가 다 보이지만, 그래도 풀과 나무가 제법 있으니 평화로운 시골 풍경으로 보인다.

버스가 길가에 멈춘다. 길가 공터에 식당 두어 개와 노점상이 몇 있다. 네팔인들이 탄 버스도 두 대 멈추어 있다. 아마도 이게 고속도로 휴게소 같은 곳인 모양이다. 가이드가 여기서 점심식사를 하니 내리라고 한다. 식당은 어둡고, 자세히 쳐다보기가 겁난다. 식당에서 일하는 사람의 모습이 몇 년 동안 옷도 갈아입지 않고 세수도 안 한 듯하다. 어떤 네팔인이 둥근 스텐 식판에 달밧을 비벼서 손으로 먹고 있다. 그 손님이 식사를 마치자 일하는 꼬마가 검은 걸레를 손에 쥐고, 그 손님이 먹은 것을 치우는데, 내가 보지 말았어야 했다. 그래도 눈길은 그 꼬마를 좇는다. 꼬마의 모습과 그 아이가 식기와 식탁과 걸레를 다루는 모습을 여기서 자세히 말할 수는 없다. 토하려는 느낌을 간신히 누르고 마치 바닥에 구멍 난 보트에 타는 느낌으로 식탁에 앉았다. 컵과 물을 가져오는데, 컵을 자세히 볼 자신도 없지만, 자세히 보지 않아도 누

런 얼룩물이 흐르고 있다. 밥은 달밧이 나왔다. 맨밥만 조금 먹고 말았다. 이러면 안 되는데—네팔에 호강하러 온 것이 아니라 고생하러 온 것인데—하는 마음을 가지며, 속으로 "색즉시공, 공즉시색"의 부처님 가르침을 떠올렸다. 더러운 것, 깨끗한 것, 편한 것, 불편한 것, 추한 것, 아름다운 것 등이 모두 공空한 것이니 구별을 말아야지—.

버스가 계곡을 따라 계속 달리다가 가던 길을 버리고 오른쪽으로 두어 번 꺾어든다. 인도와 포카라 쪽으로 가는 길을 벗어나 베시사하르Besisahar 가는 길로 접어드니, 개울물의 색깔도 달라지고 풍광도 좀 달라진다. 맑은 계곡이 흐르고 푸른 나무와 풀이 있는, 온화한 농촌의 풍경이다. 멀리 산들도 아름다우나, 네팔의 상징인 높은 설산은 어디 있는지 아직 보이지 않는다. 겨울이라 텅 빈 밭에는 검은 소가 가만히 서 있기도 하고, 또 어떤 밭두렁에는 젊은 여인이 멍하니 앉아 있기도 하다. 저 여인은 왜 저기에 저렇게 앉아 있는 것일까? 네팔의 풍경 가운데 하나 특징적인 것은, 집 밖의 개념이 우리와 다르다는 점이다. 그들은 집 밖에 멍석을 깔고 누워서 자고, 집 밖에 모여 앉아 서로 머리를 빗어준다. 또 집 밖에서 머리를 감고, 집 밖에서 앉아 쉬기도 한다. 그들은 집에서 생활한다기보다는 집 밖에서 생활한다.

오후 3시쯤 베시사하르에 도착했다. 베시사하르는 제법 활기찬 시골 마을이다. 시장이 번화한 편이다. 잠시 쉬면서 필요한 것들을 구입했다. 귤도 샀다. 먼지가 앉았고, 흠이 많고 못생긴 귤이지만 독특한 향미가 있어 먹을 만했다. 베시사하르에서 불부레까지 가는 길은 아직 공사 중이라 더 험하다. 그러나 이제야 진짜 조용한 시골길을 가는 듯해서 네팔 여행의 기분이 난다. 먼 산 너머 아득하게 람중 히말의 설산이 구름 속에서 조그맣게 보이기도 한다. 숲도 보이고, 계곡에서 한가롭게 빨래하는 아낙도 보인다. 불부레에는 5시경에 도착했다. 불부레는 계곡의 양쪽에 몇몇 집들이 있는 조그만 마을이다. 버스에서 내리자마자 첫 번째 집이 토롱 라 호텔인데, 가이드는 미리 정해놓은 듯 그 숙소로 들어간다. 내가 가이드에게 마을에서 제일 깔끔한 로지로 가자고 말하니, 가이드는 모두 비슷해서 별 차이가 없다고 내 말을 무시해버린다.

토롱 라 호텔은 숙소가 2층이고, 1층은 식당이다. 2층의 방으로 가보니 이건 합판으로 만든 가건물에 지나지 않는다. 흔히 방에서 느낄 수 있는 안락함이라고는 전혀 없다. 짐을 풀어놓고,

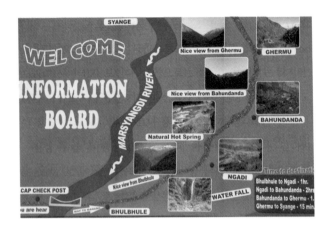

식당 앞 테이블에 모여 앉아 맥주를 몇 병 시켜 마시고 피로를 풀었다. '네팔 아이스Nepal Ice'라는 맥주가 맛이 있다. 우리가 맥주를 마시는 동안 뒤편 높은 언덕 위에 흰색 말 한 마리가 꼼짝도 않고 우릴 내려다보고 있다. 살아 있는 말인가 의심이 들 정도다. 저녁은 가이드가 로지 주방을 사용해서 밥과 국을 만들고 가져온 김치와 김을 반찬으로 내놓는다. 외국에 나와서는 한국 음식을 찾는 편이 아니지만, 네팔에서는 아무래도 현지 음식이 부담스럽다. 저녁식사를 마치고 어둠이 내리자, 건너편 높은 산 중턱에 흩어져 있는 집들의 불빛이 마치 별빛 같아 보인다. 춥지는 않다. 카트만두보다 오히려 기온이 따뜻하다. 밤에 여러 번 깼다. 날이 흐린지 별이 그렇게 많이 보이지는 않는다.

내일부터는 본격적인 트래킹의 시작이다.

| 안나푸르나, 아이러니푸르나 |

네팔에서의 첫 이틀의 체험과 열흘 후 포카라에서의 체험 사이에는 이해하기 어려운 간격이 있다. 포카라의 바라히 호텔에 짐을 푸니, 바닥에 구멍 난 보트 뱃전을 붙들고 강을 건너던 내가 강 건너 푸른 언덕에 내린 기분이다. 바라히 호텔의 객실은, 서양풍의 4~5층짜리 연립주택 같은 건물 세 동으로 되어 있고, 내 방은 510호다. 방 안은 규격화된 호텔의 방이며, 베란다도 있다. 베란다 쪽으로 마차푸차레Machhapuchare가 멀리 보인다. 더운 물을 욕조에 받아 먼지와 피로를 씻어냈다. 물이 거칠어 비록 비누가 잘 풀리진 않지만, 더운물을 마음껏 쓰며 춥지 않은 곳에서 목욕을 하니, 몸이 먼저 감동한다. 그러나 한편으로는 인간의 육체적 나약함에 대해서 부끄러운 마음도 든다. 또 바로 열여덟 시간 전에 추위에 떨며 머리를 감아도 감격했던 훔데의 로지에서의 일이 마치 십 년 전 일같이 까마득하다. 문명의 천박한 편리함을 떠나 자연의 순수 야성을 만나러 네팔에 왔다고도 할 수 있는 내가 이렇게 네팔에 와서 문명의 고마움에 감동하고 있는 것 또한 아이러니가 아닐 수 없다.

8

마차푸차레의 숭고

포카라의 가장 인상적인 풍광은 마차푸차레의 위용이다. 가파른 삼각형으로 우뚝 솟아 포카라 시내를 지키고 있는 봉우리, 아직 인간의 등정을 허락하지 않은 해발 6997미터의 봉우리, 이곳 사람들이 신성시하는 봉우리가 마차푸차레다. 마차푸차레란 '물고기의 꼬리' 라는 뜻이라고 한다. 하늘 위에 우뚝 솟은 마차푸차레를 중심으로 안나푸르나와 강가푸르나의 눈 덮인 연봉들이 포카라의 한쪽 하늘을 병풍처럼 둘러싸고 있다.

연봉들 가운데서도 마차푸차레는 압도적이다. 인간의 힘이나 의지가 미치지 못하는 영역에서 힘과 빛을 스스로 발하고 있는 것처럼 보인다. 장엄하고 숭고하다. 서양미학에서 숭고sublime는, 그리스 학자 롱기누스가 언급한 이래, 매우 중요한 미적 범주의 하나다. 숭고는

| 안나푸르나, 아이러니푸르나 |

거대하고 강한 것에서 느끼는 미적 감정이다. 그것은 인간의 마음을 고양시킨다. 그러나 거대하고 강한 것이 다 숭고한 것은 아니다. 인간에게 위협적이지 않고, 온화하고 친밀한 느낌을 주는 거대와 강함은 숭고가 아니다. 오히려 숭고의 대상이 되는 거대와 강함은 인간에게 위협적이고, 인간에게 나약함을 일깨워주고, 인간의 의지가 미칠 수 없는 속성을 갖는다. 양 떼가 풀을 뜯고 온갖 들꽃들이 아름답게 피어 있는 끝없는 평원이나 거울처럼 잔잔한 큰 호수는 비록 거대하더라도 숭고하지 않다. 그에 비해 끝없는 사막, 만년설이 뒤덮인 거친 산봉우리, 장엄하게 지는 태양, 거대한 폭포나 계곡 등등 인간의 나약함을 증명하고 인간에게 두려움을 주는 대상 속에 숭고가 있다.

인간들은 목숨을 걸고 아무것도 없는 극지를 탐험한다. 또는 고비사막이나 이과수폭포나 그랜드캐니언이나 눈 덮인 산같이 결코 인간에게 친절하지 않은 거친 풍경에 큰 매력을 느끼고 그것들을 보러 멀고 힘든 여정을 마다 않고 찾아간다. 여정이 힘들고 풍경이 거칠수록 오히려 매력은 커진다. 세속을 초월한 어떤 거대한 힘에 가까이 가서 그에 대한 경외감 속에서 자신의 미약함을 기꺼이 체험하고자 한다. 내가 안나푸르나를 꿈꾸었던 것도 어쩌면 숭고에 대한 열망 때문이었는지 모른다.

알랭 드 보통은 『여행의 기술』에서 '숭고'를 만나러 가는 것이 여행의 중요한 목적 가운데 하나가 된다고 했다. 사람들은 거대하고 압도적인 풍경을 만나러 멀리 여행을 떠난다. 나는, 거대한 힘을 찾아 가서 거기서 자기 존재의 미약함을 깨닫는 것이 어째서 인간들에게 기쁨을 주는가에 대해서 의문을 던지고 답을 구한다.

왜 호텔의 안락함을 떠나서, 무거운 배낭을 짊어지고 아카바Aqaba 만의 해안을 따라 수 마일을 걷는 사막 여행을 하고, 바위와 침묵뿐인 장소에 도달해서는 마치 도망자처럼 뜨거운 태양을 피해 큰 바위의 그림자 뒤로 겨우 몸을 숨기는가? 왜 화강암 계곡이나 뜨거운 자갈밭 그리고 푸른 하늘을 찌르는 산정까지 멀리 이어지는 얼어붙은 화산암층에서 절망보다는 흥분을 느끼는가?

하나의 답은, 우리보다 강한 모든 것이 항상 우리를 괴롭히는 것은 아니라는 사실이다. 우리보다 강한 것들은, 우리의 의지를 꺾고 우리에게 분노와 적의를 불러일으키지만, 또한 그것은 우리에게 외경심과 존경심을 불러일으키기도 한다. 그것은 우리가 그것이 강요하는 무력감 속에서 비참과 굴욕을 느끼는가 아니면 고상함을 느끼는가에 달려 있다. 우리는 건방진 호텔 도어맨의 냉담함은 싫어하지만, 안개에 둘러싸인 산의 냉담함에 대해서는 기품을 느낀다. 우리는 비천한 힘에 대해서는 굴욕감을 느끼지만, 고상한 힘에 대해서는 경외감을 느낀다. (…)

굳이 사막에서가 아니더라도, 우리는 남의 행동이나 자신의 결점에 의해 쉽게 초라한 기분이 든다. 굴욕감은 인간 세상의 피할 수 없는 함정이다. 우리의 뜻이 무시당하고, 우리의 바람이 좌절당하는 일은 다반

사다. 그러나 숭고한 풍경들은 우리에게 열패감을 주지 않는다. 숭고한 풍경의 감동 속에서 우리는 익숙한 열패감을 새롭고 유용한 방식으로 달리 인식한다. 고상한 장소는 큰 의미에서 하나의 교훈을 준다: 우주는 인간보다 위대하며, 인간은 나약하고 순간적이어서 자신의 한계를 받아들일 수밖에 없다. 인간은 자신보다 위대한 존재에 대해서 머리를 숙여야만 한다.

이것이 사막의 바위나 극지의 빙판에 적힌 교훈이다. 그곳에 적힌 교훈이 너무나 강렬해서 인간은 자신의 한계 너머에 있는 그것으로부터 좌절감 대신 오히려 고양감을 느끼고, 그 장엄한 대상에 고개를 숙인다. 이러한 경외감은 종교적 숭배로 이어지기도 한다. (…)

이 세계가 부당하고 우리가 이해할 수 없는 것이라면, 숭고한 장소는 그게 별로 놀랄 일이 아니라는 것을 암시한다. 우리는 광포한 바다와 거친 산의 힘 앞에서 장난감 같은 존재다. 숭고한 장소는, 우리가 일상 속에서 분노와 불안으로 인식하는 우리의 한계를 다르게 인식시켜준다. 우리를 좌절시키는 것은 자연이 아니다. 자연의 거대한 공간들은 인간의 한계를 넘어서는 위대한 힘을 멋지게 환기시키고 또 그 힘을 존경하게 만든다. 만약 우리가 그 숭고한 장소를 만나게 되면, 우리는 그곳에서 우리 삶을 괴롭히는 무수한 일들과 결국 먼지로 되돌아가게 될 인간의 운명을 보다 너그럽게 받아들일 수 있게 될 것이다.

알랭 드 보통, The Art of Travel, pp.167~179, 저자 옮김

숭고와 관련하여 인간이 자신들에게 우호적인 풍경보다는 자신들을 무시하는 풍경을 더 존중하고 거기에서 더 큰 감동과 가르침을 받는다는 지적은 흥미롭다. 여기서 나는 안나푸르나 트래킹이 나에게 준 두 가지 거대한 풍경을 다시 떠올린다. 첫 번째 거대한 풍경은, 트래킹 1일차에 바훈단다Bahundanda에서 만난 우호적인 풍경이다.

▲ 1월 20일 트래킹 1일차
불부레 890미터 ~ 바훈단다 1310미터 ~ 자라트 1360미터

로지에서 쇠줄로 만들어진 높은 다리로 계곡을 건너니 그곳에 정겨운 로지가 여럿 있다. 어제 가이드가 정한 로지가 최선이 아니었음을 확신하게 된다. 그 확신은, 앞으로 그 로지보다 나은 로지에서 머물 가능성이 있다는 긍정적 사실과 가이드와 여행사가 로지 문제에 대해서 무성의하다는 불쾌한 사실의 확신으로 이어졌다.

길은 비교적 평화롭고 정겨운 시골길의 느낌을 준다. 트래커들을 위한 로지와 가게가 오프 시즌이라 적막 속에서 소박한 평화를 전해준다. 그러나 두 시간쯤 지나자 오르막이 시작되고, 길은 먼지투성이가 된다. 저 아래 계곡물은 푸르고 맑지만, 길은 먼지 속에서 탁하고 느리다. 세 시간 삼십 분 만에 바훈단다라는 조그만 마을에 도착했다. 마을의 한가운데는, 우리나라 마을처럼

| 안나푸르나, 아이러니푸르나 |

초입에 마을을 지키는 커다란 나무가 한 그루 있다. 우리 일행은 거기서 가파른 계단을 오 분쯤 올라서 슈퍼브 뷰Superb View 호텔로 갔다. 오늘 점심 장소다. 슈퍼브 뷰 호텔은 이름 그대로 놀라운 전망을 지녔으며, 깔끔하고 쾌적한 분위기와 예쁜 정원(정원이라기보다는 높은 축대 위에 있는 시골집 마당 같다)을 지닌 로지다.

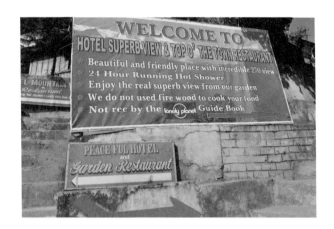

점심을 주문한 후, 일행은 아름다운 풍광에 감탄하며 잔디밭 마당에서 휴식을 취했다.

'브라만의 언덕'이라는 멋진 뜻을 가진 바훈단다는 높고 큰 산들에 둘러싸인 조그만 마을이다. 마을 자체도 언덕에 붙어 있는 셈이다. 이름답게 풍광은 의젓하고, 온화하고, 품위가 있다. 호

| 안나푸르나, 아이러니푸르나 |

텔의 앞쪽 건너편에 우람하게 버티고 있는 산에는 산꼭대기까지 계단식 논이 만들어져 있고, 집들도 드문드문 있다. 저 높은 곳까지 다랑논을 만든 인간의 힘에 감탄하게 된다. 그 왼쪽으로는 큰 산들이 좀 더 멀리 앉아 있다. 그리고 그 너머에 아득하게 구름과 설산이 보인다. 크고 아름답고 온화하고 감동적인 풍광이다. 날씨도 쾌청하고 온화하다. 이런 곳에서 며칠 머물며 산과 하늘만 하염없이 쳐다보고 싶다.

바훈단다의 마당 가운데 큰 나무 아래 테이블에서 멋진 분위기의 점심식사를 마치고, 샹제(1100미터)로 간다. 길은 계곡을 끼고 이어진다. 계곡은 야성적이고 아름답다. 조금 가니 길은 절벽의

중턱에 걸렸다. 왼쪽으로는 까마득한 계곡이고, 오른쪽으로는 하늘벽이다. 그러나 약 1.5미터 폭의 길은 편하여 걸음이 즐겁다. 풀이 부드럽게 밟히는 느낌이 좋다. 바훈단다의 멋진 풍광이 주는 느낌은 바훈단다에서 상제까지의 아름다운 길에서도 보존된다. 두 시간쯤 걸려서 상제에 도착한다. 상제라는 마을은 의외로 아주 초라하고 볼품없다. 바훈단다에서 받은 따뜻함이 차가움으로 변한다.

상제부터는 길도 엉망이 된다. 길은 공사 중이다. (그러나 공사하는 사람은 보이지 않는다.) 발걸음을 옮길 때마다 먼지는 우아한 악마의 춤을 추며 나를 감싼다. 바훈단다의 아름다운 기억을 망가뜨리기에 부족함이 없다. 마낭까지 자동차가 다닐 수 있는 도로를 만든다고 몇 년 전부터 계속 길을 파헤치고 있다고 하니, 안나푸르나 트래킹이 공사판 먼지 속 트래킹이 될 것 같다. 마낭까지 자동차가 다닐 수 있게 되는 날이 오면, 안나푸르나 트래킹

| 안나푸르나, 아이러니푸르나 |

은 아마도 그 매력을 상실하지 않을까?

　　자라트Jarat에 도착하니 오후 5시경. 비교적 긴 여정의 하루였다. 가이드를 제치고 우리가 좀 나은 로지를 찾아 정했다. 밤에 소변보러 일어나 하늘에 가득한 별들을 보았으나, 높은 산에 둘러싸여 보이는 하늘이 좁다. 오늘 점심에 본 바훈단다의 감동적인 풍광을 기억하려 애쓰며 다시 차가운 침낭 속으로 파고들었다.

　　바훈단다의 풍광은 크고 멋있지만, 인간에게 우호적인 풍광이고 더 나아가 인간의 의지에 의해 세속적 일상이 된 풍광이다. 사람들이 그 꼭대기까지 논밭과 집을 만들어 살게 허락한 풍광이기 때문이다. 안나푸르나 트래킹 여정에서 인간에게 비우호적인 거친 풍광, 특히 도도하고 위압적인 설산의 풍경은 피상 근처에서부터 자주 보이기 시작한다. 마나슬루, 피상 피크, 틸리초 피크, 안나푸르나 등등의 설산은 우리에게 놀라움과 두려움을 준다. 두려움과 놀라움을 주는 거친 풍광이 바훈단다의 우호적인 풍광보다 인간에게 훨씬 강한 인상을 주는 것은 당연하다. 거기에는 인간 존재가 범접할 수 없는 숭고한 그 무엇이 있기 때문이다. 아마도 5410미터의 토롱 라 패스가 이번 안나푸르나 트래킹의 육체적 정점이라면, 초월적인 설산의 숭고함은 정신적 정점일 것이다.

　　설산의 숭고는 안나푸르나 트래킹 여정에서 여러 번 만났고, 심지어는 홈데에서 포카라로 오는 비행기 창을 통해서도 멋지게 만났다.

그러나 최고의 숭고는 오히려 포카라에서 만났다. 포카라 시내에서 보는 마차푸차레는, 인간의 한계를 초월해서 존재하는 경외의 대상이라는 이미지를 극적으로 현현하고 있다. 누구도 범접할 수 없을 것 같은 가파른 삼각형의 봉우리도 그러하지만, 그것이 평범한 세속의 일상 공간에서, 마치 그 공간의 밖에 있는 듯 아득한 하늘 위에 아스라이 펼쳐져 쉽게 보인다는 점에서 더욱 극적이다. 지난 열흘 동안 안나푸르나 트래킹 도중 감동적인 설산의 풍경을 꽤 많이 보았지만, 아이러니하게도 가장 강하고 신비한 숭고미는 포카라 시내에서 느낄 수 있었다.

마차푸차레는 아직 인간의 발길을 *허락하지 않았다고 한다. 네팔 정부가 등정 허가를 내주지 않기 때문에 아직까지 그 처녀성이 보존되고 있는 것이다. 아마도 등정 허가를 내준다면 온 세계의 산악인들이 명예와 돈을 위해서 떼를 지어 몰려들어 무슨 수를 써서라도 마차푸차레의 정상에 오를 것이고, 마차푸차레는 천박한 상업성과 매스컴에 의해 그 신비와 숭고를 다 잃어버리고 말 것이다. 세계 최고봉 에베레스트의 베이스캠프에 가면 지금도 세계 최고봉에 오르고자 하는 오만한 욕망으로 네팔 정부에 1억 5천만 원의 세금을 내고, 날씨가 좋아지기만을 기다리는 전 세계의 등반대들로 북적댄다고 한다. 그곳은 이미 신의 영역으로 들어가는 관문이 아니라 세속적인 저잣거리가 되어버린 것으로 짐작된다. 그런 점을 생각하면, 에베레스트건 안나푸르나건 더 이상 인간의 발길이 닿지 않도록 입산을 금지

| 안나푸르나, 아이러니푸르나 |

해야 할 것 같다. 우주나 삼라만상을 위해서라기보다 그냥 사람의 삶을 위해서라도 이 지구상에 사람의 손길과 발길이 닿지 못하거나 닿지 않는 공간이 많이 남아 있으면 좋겠다. 그 공간의 숭고가 인간의 오만과 삶의 허무를 견제해줄 수 있기 때문이다.

9

포카라에서 길을 잃다

1월 28일 12시, 포카라 시내 산책을 나선다. 오랜만에 호텔이라는 곳에서 아침을 먹고 목욕을 하니 다시 문명인으로 환생한 듯, 안나푸르나에 있던 어제가 일 년 전인 듯 몸과 마음이 새롭다. 호텔은 네팔에서 두 번째로 크다는 페와Phewa 호수 가까이에 있다. 호수는 꽤 넓어서 북쪽으로는 끝이 안 보인다. 호수 건너편에는 해발 800미터쯤 되는 푸른 산이 있고, 그 정상에 세계평화탑World Peace Pagoda이 있다. 탑을 구경한다기보다는 그곳에 올라가면 호수와 포카라 시내 전경이 잘 보일 것 같다. 호숫가에는 보트를 빌려주는 사람들과 관광객들로 붐빈다. 날씨는 맑고 쾌적하다. 세계평화탑의 입구가 있는 저편으로 보트를 타고 건너는 데 300루피, 왕복은 550루피다. 사공은 자꾸만 왕복표를 끊으라고 권했지만, 나와 상주는 다른 쪽으로 내려

　　　　　　　　　　　| 안나푸르나, 아이러니푸르나 |

갈지 모르니 그냥 편도표만 산다.

호수에서 보트 놀이를 하는 사람들이 많다. 멀리 사랑고트Sarangkot 산 위로는 행글라이더를 타는 사람들도 많다. 놀이보트와 행글라이더는 네팔의 궁핍함을 잠시 잊게 만든다. 상주는 행글라이더를 타고 싶어 한다. 저기서 행글라이더를 타면 높고 가까운 곳에서 마차푸차레와 안나푸르나 연봉들을 잘 볼 수 있을 것이다. 약 십 분쯤 보트를 저어 가서 건너편 언덕에 내려, 숲 속으로 난 작은 길을 올라간다. 조금 올라가니 더워진다. 세계평화탑까지 간단한 산보로 생각했는데 의외로 힘들고 멀다. 중국인인 듯한 젊은 여성 두엇 말고는 관광객도 없어 호젓한 등산길이 된다. 잡목이 우거져서 전망이 자주 방해를 받는다.

산 정상에 도달했을 때는 제법 땀이 흘렀다. 부처님이 모셔진 크고 둥근 흰색의 탑은 별 감흥을 주지 않는다. 조잡한 기념물이다. 영악해 보이는 꼬마가 곁에 다가와서는 서툰 영어로 자꾸만 말을 건다. 안나푸르나 트래킹 중에 만난 산골 꼬마와는 첫 느낌부터 완전히 다르다. 나는 본능적으로 그 꼬마를 기피했지만, 아이는 노련하게 내 주위를 어슬렁거리며 내 주머니와 가방에서 무언가가 나오길 기다린다. 정상에서 내려다보는 풍광 또한 별로 새로울 게 없다. 그냥 호수가 보이고 시가지가 보이고 사랑고트 산이 보인다. 탑 그늘에 앉아 좀 쉬다가 댐 있는 쪽으로 하산해서, 거리 구경을 하면서 걸어서 호텔로 돌아가기로 했다.

하산길에도 다른 사람들은 보이지 않는다. 산정의 뒤편 아래 공터에서는 여러 가족들이 함께 잔치를 하는 듯, 모여서 음식을 만들어 먹기도 하고 이야기를 하기도 한다. 다른 쪽 언덕에는 콜라 등의 음료수를 파는 가게도 있다. 십 분쯤 내려가니 길이 세 갈래로 나뉜다. 가운데 길에 사람들이 다닌 흔적이 가장 많다. 나는 상주에게 어느 길로 가도 나중에 다시 만나게 될 것이니 아무 쪽으로나 가라고 아는 척했다. 상주는 제일 왼쪽 길을 골랐다. 왼쪽에 호수가 있으니 그쪽 길이 가장 가깝다고 짐작하는 모양이다. 길은 좀처럼 길다운 길과 합류되지 않고 오히려 갈수록 희미해진다. 그러나 조그만 동네 뒷산 같은 곳이라 길이 걱정되지는 않는다. 조금 더 내려가니 길이 더 수상쩍어진다. 그제야 나는 발길 닿는 대로 무심히 내려가기를 멈추고, 방향을 가늠해 길을 찾아 내려가야겠다고 생각한다. 댐 쪽으로 내려가려면 좀 오른쪽으로 가야 할 것 같아 오른쪽으로 난 희미한 길로 나아간다.

잡풀이 우거진 곳으로 길 같지 않은 길이 이어진다. 반바지와 샌들을 신은 상주는 걷기가 편치 않은 모양이다. 더 내려가니 저 아래쪽에 잡목 사이로 물이 보인다. 물가 쪽으로 이어진다고 짐작되는 작은 길을 택한다. 상주는 뒤따라오면서 "아버지는 모르는 산속에서도 길을 잘 찾네요" 한다. 나는 "산에 다닌 지 몇 십 년이 되니까 그렇지" 하고 잘난 체한다. 실제로 산에 가면 느낌으로 어느 정도 길을 알 수 있다. 그러나 바로 그 말을 한 이후부터 길은 없어지고, 험하고 가파르고 가시 돋은 잡풀이 우거진 비탈에서 헤매기 시작한다. 상주와 나는 길도 없는 곳을 헤치고 물가를 향해 내려간다. 상주는 종아리와 발이 가시에 많이 긁힌 것 같다. 상주는 그 괴로움을 "아버지, 여기 자잘한 나뭇가지들에 가시가 있는 거 아세요?"라고 물어 간접적으로 표현한다. 길 잘 찾는다고 장담한 순간 길을 잃어버리고 마는 또 한 번의 조그만 아이러니에 스스로 웃음이 난다.

겨우 물가까지 내려오니 이젠 아예 갈 곳이 없다. 왼쪽으로 약 20미터의 짙은 관목 숲을 지나 집이 있는 것이 보여서 어렵게 접근해보았지만 철망을 친 높은 담이 가로막고 있다(나중에 알고 보니, 여기가 포카라에서 가장 유명한 피시테일Fishtail 호텔이다. 이 호텔은 자동차에서 내려 전용 보트를 타고 들어가야 한다). 다시 되돌아 나와 물가에 서니, 앞에는 물이고 오른쪽 숲은 어디까지 헤매고 가야 할지 막막하기만 하다. 댐은 어디 있는지 보이지도 않고, 폭 30미터쯤 되는 강 건너편에서 청년 두엇이 목욕을 하고 있다. 막막하다. 지나가는 보트도 보이지 않는다. 안나푸르나 산속에서도 길을 잃은 적이 없는데, 도시의 조그만 산에서 오히려 길을 잃다니 아이러니하다. 그러나 어쩌면 문명과 멀리 떨어진 산속보다 문명의 도시에서 인간은 더 쉽게 길을 잃어버리는지 모른다. 시골의 길은 오랜 세월에 걸쳐 아주 천천히 그리고 단순하게 만들어진다. 그곳의 길은 땅 위에 만들어지면서 동시에 그곳 사람들의 기억 속에도 만들어진다. 그곳에서 사는 사람들의 삶과 길은 쉽게 하나가 된다. 그러나 도시의 길은 비교적 짧은 시간에

복잡하게 만들어진다. 도시에는 삶과 길이 하나가 되기에는 너무 많은 길이 있다. 도시와 문명 속에서 사람들은 자주 육체적으로 정신적으로 길을 잃는다.

강 건너 왼쪽 아래편 기슭에서 어부가 천천히 보트를 저으며 그물을 손보고 있다. 두어 번 소리쳐 불렀지만 알은척도 않는다. 자꾸만 소리를 지르기도 뭣해서 한 십 분쯤 물가에서 전전긍긍하다가 다시 한 번 용기를 내서 어부 쪽으로 소리를 질렀다. 어부는 여전히 별 반응을 보이지 않다가 잠시 후 아주 천천히 내 쪽으로 보트를 저어 온다. 내가 있는 물가로 배를 대더니 당연하다는 듯이 아무 말도 않고 보트 위에 널려 있는 짐들을 몇 개 옮겨 자리를 만들고는 우리보고 자기 배에 타라고 한다. 참 무덤덤하고 반응이 느린 사람 같다. 보트를 저어 건너편으로 가면서도 단 한 마디, "저패니즈?" 하고 묻는 게 전부다. 나도 "코리언"이라고 짧게 대답한다.

어부는 더 이상 아무 말 않고 우리를 건너편에 내려준다. 나는 어부에게 200루피를 준다. 어부는 미소를 지으며 감사의 뜻으로 고개 인사를 하고 다시 배를 저어 간다. 어부의 느리고 조용한 태도가 인상적이었지만, 그보다는 낭패에서 빠져나온 홀가분함으로 마음이 더 기운다. 공원 같은 곳을 가로질러 나가니 비로소 큰길이 나온다. 산길을 헤매고 내려오고, 물가에서 우왕좌왕하느라 오늘 오전 바라히 호텔에서 완전히 회복한 안정감과 청결감이 다시 훼손되었다.

상주와 나는 애플스 비어 레스토랑Apple's Beer Restaurant이라는,

이름도 멋지고 겉보기도 깔끔해 보이는 길거리 음식점으로 들어가 좀 쉬기로 한다. 노천에도 테이블이 있지만, 우리는 실내로 들어가 자리를 잡는다. 손님은 우리뿐이다. 의자에 흰 천이 씌워져 있어 청결감이 돋보인다. 조그만 고양이 한 마리가 내 배낭 속의 육포 냄새를 맡았는지 자꾸만 배낭을 둔 의자에 올라온다. 실내 한가운데는 제법 커다란 평면 텔레비전이 있다. LG 제품이다. 주인 남자는 리모컨으로 채널을 돌리고 있다가 우리를 맞이한다. 나는 투보르그Tuborg 맥주를 시키고, 상주는 콜라를 시킨다. 투보르그는 원래 벨기에 상표인데, 네팔에 현지 공장을 지어 생산된다. 안나푸르나 산골의 가게에서도 늘 팔던 맥주다. 네팔에서는 750밀리리터의 큰 병으로 맥주를 판다. 오랜만에 마시는 맥주 한 병은 그 맛과 알코올의 효과에 있어 가격 대비 만족도가 아주 높다. 그러나 상주가 시킨 콜라는 우리나라에서 볼 수 없는, 아주 작은 병이다. 상주는 두 병을 마신다. 주인은 테니스 경기에 채널을 맞춘다. 호주 오픈경기를 하고 있다. 안나푸르나 산골과 바라히 호텔과 길 잃은 산과 조금 전 강을 건너게 해준 어부와 호주 오픈을 중계하는 LG 텔레비전이 아무렇지도 않게 공존하는 것이 흥미롭다.

호텔로 돌아오는 길이 바로 호숫가의 관광거리인지라 가게들을 기웃기리며 걷는다 상주는 여행사에 들러 행글라이더 요금을 알아본다. 한 시간 비행에 100유로라고 한다. 달러로는 150이고. 조금 부담스러운 가격이다. 천사 서점Angel's Book Store에 들러 책, 사진, 엽서 등을 구경한다. 주인 여자가 착해 보인다. 네팔에서도 책방을 운영하는 여자는 좀 인문적인 사람인 것 같다. 몇 푼 되지도 않는 돈을 억지로 깎아 『네팔』이라는 여행 가이드북 한 권과 안나푸르나 사진 몇 장을 산다. 나는 왜 쉽지 않은 실랑이까지 하며 가난한 네팔 사람들에게 몇 백 원을 덜 주려고 애를 쓰는 것일까? 한국에서 몇 백 원은 돈도 아닌데……. 돈 많은 사람들 사이에서는 씀씀이가 아주 후한 부자가 가난한 사람들에게는 매우 인색한 경우가 흔한 것 같다.

저녁식사는 조금 전에 산 가이드북을 뒤져서 거기서 첫 번째로 추천하는 식당으로 가기로 했다. 콘체르토Concerto라는 이탈리안 레스토랑인데, 호텔에서 십 분 거리다. 식당으로 가는 길에 다시 서양 모녀를 만난다. 어딜 가는 길이냐고 묻기에 식당 이름을 말했더니 알은체한다. 아주 좋은 식당이며, 샐러드 같은 것을 먹어도 배탈 날 염려가 없고 분위기도 훌륭하다고 칭찬한다. 나도 그네들에게 저녁식사를 어떻게 할 거냐고 물었더니 자기들도 바로 그 식당에서 7시에 약속이 되어 있다고 말한다.

콘체르토라는 식당은 네팔의 새로운 모습을 보여준다. 피자와 그릴드 치킨을 시켰는데, 맛도 괜찮고 분위기도 소박하면서도 나름 격이 있다. 실내 한가운데 나무를 때는 벽난로가 있고, 어딘지 인디언 또는 멕시칸의 분위기가 나는 듯해도 전혀 어색하지 않다. 서울의 이

탈리안 레스토랑의 부담스러운 허영과 비교하면, 맛과 분위기가 편안함과 믿음을 준다. 무엇보다 실속이 있어 보인다. 우리나라에서 격과 실속을 동시에 찾을 수 있는 식당은 찾기가 쉽지 않다. 이러한 공간은 아마도 서양인들이 요구하고 또 훈련시킨 공간일 것이다. 서양 여행자들 여럿이 식사를 하고 있다. 서양인들은 이런 음식점을 잘도 찾아와 이용하는데, 한국 여행객들은 왜 이런 실속 있는 곳을 찾아 즐기지 못하는지 안타까운 생각도 든다. 디저트로는 벌꿀을 바른 구운 바나나를 시켜 먹었다. 아주 절묘한 맛이다.

식사를 마치고 호텔로 돌아가면서, 호텔 입구 골목에 있는 여행사에 들렀다. 좁은 사무실 한가운데 책상이 하나 있고, 조그만 아가씨가 앉아 있다. 사무실 입구의 입간판을 치우고 있던 일곱 살쯤 되어 보이는 소년이 우리를 반갑게 맞이한다. 여자아이는 중학생이고, 남자아이는 초등학교 4학년이라는데, 아버지 대신 잠시 사무실을 지키나 보다. 중학생이라는 소녀는 영어를 곧잘 한다. 수다스럽기도 하다. 수다가 외국어를 배우는 데 매우 효과적인 수단이 된다는 사실을 새삼 확인한다. 어린 소년도 영어를 하지만 좀 서툴다. 내 영어를 제대로 알아듣지 못할 때면 누나에게 물어보곤 한다. 소녀가 전화를 걸어 아버지를 불렀고, 조금 있다 키가 작고 눈과 얼굴이 둥근 사십 대남자가 왔다.

주인 남자와 상주가 행글라이더 비행에 대해 이야기하는 동안 나는 오누이와 이야기를 나눈다. 귀엽고 활발하고 수다스러운 쇼냐들이다. 내가 별로 묻지 않아도 온갖 이야기들을 풀어놓는다. 누나는 학교생활이나 선생님, 친구들, 또 댄스파티에 대해서까지 수다를 떤다. 학교에서 배운 음악 노트를 꺼내 거기 적힌 노래를 부르기도 한다. 내가 칭찬하며 소년보고도 불러보라고 하자 누나는 동생의 특기가 노래가 아니라 춤이라고 한다. 그러면 춤을 한번 춰보라고 하자 아이는 노래를 부르며 멋진 민속춤을 춘다. 정말 귀엽고 티 없는 아이들이다. 안나푸르나 산골의 아이들과, 세계평화탑에서 만난 아이와 이 오누이가 비교되고 나아가 한국 아이들과도 비교가 된다. 아이의 성장에 환경이 얼마나 중요한지 생각해본다. 나는 주인 남자에게 당신은 이렇게 총명하고 귀여운 아이들이 있어 정말 행복하겠다고 덕담을 한다. 주인 남자가 기뻐한다. 부인은 초등학교 선생이라고 한다.

주인 남자와 흥정을 마친 상주는 주저 없이, 아버지의 주머니 사정도 별로 개의치 않고, 내일 행글라이더 한 시간 비행을 135달러에 예약한다. 행글라이더를 타보는 것만으로도 흥미로운 체험이 되겠지만, 하늘 위에서 히말라야 설산들을 내려다본다는 것은 상상만으로도 멋지다. 135달러의 가치는 충분할 것이다. 그러나 나는 언제부턴가 이런 종류의 체험에 대해서 좀 무덤덤해졌다. 나이 탓일 것이다. 내가 아직 삼십 대였을 때, 미국의 팜스프링스에서 가족과 함께 케이블카를 탄 적이 있다. 그때 우연히 한국에서 대학총장까지 지낸 노교수님을 만났는데, 왠지 좀 어색한 느낌을 받았던 기억

| 안나푸르나, 아이러니푸르나 |

이 난다. 늙은이 같은 젊은이도 멋진 모습이 아니듯이, 젊은이 같은 늙은이도 멋진 모습이 아닐 것이다. 내일 아침 상주는 사랑고트 산에 행글라이더를 하러 가고, 나는 바라히 호텔에서 무위의 시간을 가질 것이다.

10

풀사이드의 정일靜逸

1월 29일, 포카라에서 둘째 날, 구름이 조금 끼었지만 좋은 날씨다. 6시쯤 일어나 창밖이 밝아오기를 기다렸다가 멀리 마차푸차레의 언저리가 아침 태양에 붉게 물드는 모습을 본다. 구름 탓으로 희미하긴 하지만, 멋진 모습이다. 7시쯤 풀사이드로 내려가 오랜만에 아침 운동을 해본다. 멀리 마차푸차레의 기운을 받으며 목과 팔과 허리를 차례로 천천히 풀어나간다. 직원들이 지나가다가 흘깃 내가 운동하는 모습을 쳐다보기도 한다. 큰 가방을 끌고 일찍 체크아웃하러 가는 손님들도 있다. 두꺼운 외투를 입은, 크고 부담 없어 보이는 얼굴을 지닌, 서른쯤 되어 보이는 동양 여자가 풀사이드로 아침 산보를 나와 나에게 "나마스테"라고 인사하고 지나간다. 그런데 조금 후 풀 건너편을 쳐다보니 그 여인이 외투를 벗어두고 풀밭에서 체조를 한다. 가만히 보니 태극권 초식이다. 꽤 동작이 부드럽다. 아마도 중국인인 모양이다. 초식은 양가권인데, 이렇게 낯선 곳에서 스스럼없이 한다는 건 태극권에 좀 자신이 있음을 뜻한다.

나도 몸풀기를 마치고 태극권을 시작한다. 그녀가 양가권을 하므로 나는 좀 더 폼이 나는 진가권을 해보기로 한다. 그러나 참으로 옹졸하게도 그 여인의 태극권이 의식되어서인지 초식이 부드럽게 연결되지 않고 자꾸 끊어진다. 태극권 훈련이 덜 된 것이 아니라 남을 의식하지 않는 편안한 마음의 훈련이 모자란다. 자잘한 외부의 환경에 의한 흔들림이 거의 없는 태산 같은 마음은 언제 얻을 수 있을 것인가? 내가 이 아침에 마차푸차레의 기운을 받고자 하는 것도 흔들리지 않는 마음의 평정을 위한 노력이 아니던가?

잘 안 되는 진가권을 억지로 하고 있는데, 어느덧 그 여인은 가고 없다. 그 여인이 가고 없음이 확인되자 비로소 동작이 조금 안정감을 찾는다. 스스로 옹졸함을 느낀다. 그런데 한참 태극권을 하다가 무심코 객실 건물 쪽으로 눈을 돌렸더니 아까 그 여인이 자기 방 베란다에서 내 태극권을 훔쳐보고 있다. 아하, 그녀가 내 태극권에 신경이 곤두서 자기 방으로 도망갔고, 그 방에서 내 태극권을 훔쳐보는구나. 나도 소심하긴 하지만, 그녀는 나보다 더 소심한 것이 틀림없다. 그러나 이러한 관찰이 별다른 위안을 주지 못한다. 심리전에서 내가 약간 우위를 잡긴 했지만, 그것도 치졸할 뿐 나의 소심함에 스스로 실망한 아침이다. 언제 어디에서라도 누구의 시선도 의식하지 않고 평정한 마음으로 태극권에 몰입할 수 있어야 하는데, 오늘 아침 나의 태극권은 고요함을 얻지 못하였다. 그러나 포카라의 쾌적한 아침 공기 속에서 마차푸차레의 정기를 받으며 몸을 움직였다는 사실만으로도 기분은 어느 정도 상쾌함을 얻었다.

　호텔 식당에서 아침식사를 하고, 상주는 행글라이더를 타러 간다. 상주 편에 여행사에서 어제 만났던 귀여운 꼬마에게 줄 볼펜과 과자 몇 개를 전해준다. 상주가 나간 후, 나는 오래전부터 갖고 싶었지만 좀처럼 가질 기회가 없었던 시간을 만들어보기로 한다. 그것은 여행 도중에 낯선 곳에서 가져보는 아주 고요하고 평화로운 무위의 시간이다. 그것은 일과 일상으로부터 벗어난 여행이 다시 일과 일상이 되어갈 즈음해서 그 여행으로부터 또 한 번 더 벗어나는 이중 해방의 시간이기도 하다. 또 그것은 먼 길을 가는 나그네가 풍광이 아름답고 조용한 마을의 객사에서 머물렀다가 그 객사 뒤뜰에 핀 살구꽃에 마음이 팔려 그만 일정을 며칠씩이나 미루고 갖게 된 시간 같은 것이기도 하다. 비록 오전 한나절에 불과하지만 나는 풀사이드에서 그런 고요와 무위의 시간을 가져보기로 한다.

　그러나 나의 무위는 사이비 무위라서, 나는 책과 노트와 MP3 플레이어와 모자와 선글라스를 챙겨서 풀사이드로 다시 내려간다. 풀사이드에는 큰 나무가 몇 그루 있고, 조그만 철제 테이블과 의자도 몇 개 있다. 나는 테이블을 당겨서 나무 그늘 아래 자리를 잡고 앉는다.

내 눈앞에서 사각형 풀의 물은 대형 스크린처럼 하늘과 나무와 건너편 건물을 비추고 있다. 아주 약한 바람이 부는 듯 마는 듯하고, 날씨는 춥지도 덥지도 않다. 날씨 좋은 날 야외에서 쾌적한 시간을 즐겨본 사람은 알겠지만, 그 쾌적함은 바람이나 기온이나 햇볕의 변덕으로 쉽게 훼손된다. 그러나 이곳은 마치 거대한 어항 속처럼 대기의 쾌적함에 변화가 없다.

나는 조그만 노트를 펴고 그동안 밀린 여행기를 써내려간다. 풀 건너편에 몇 사람이 서성대고 있지만 전혀 신경 쓰이지 않는다. 그나마 10시쯤 되니, 그 사람들도 어디론가 떠나고 조용하던 호텔은 더욱 조용해진다. 손님들은 모두 관광하러 나간 모양이다. 이제 풀사이드에 있는 사람은 나뿐이다. 내 앞에는 맑고 조용한 물이 가득한 사각의 풀이 있고, 그 너머에 몇 그루의 나무가 있고, 그 너머에 호텔 건물이 있고, 그 오른편으로 마차푸차레가 하늘에 떠 있다. 호텔, 특히 풀사이드는 적막 속에서 평화의 속살을 무방비로 풀어놓는다. 대기는 청량하고 햇살은 밝다. 바람도 없고 햇살의 움직임도 없다. 아무것도 나를 방해하지 않는다. 갑자기 나타난 파리 한 마리, 문득 추위를 느끼게 하는 바람, 눈부신 햇살, 몸을 경직시키는 따분함…… 이런 시간에 쉽게 찾아오는 훼방꾼도 전혀 없다. 시간이 멈춘 듯하다.

낯선 나라에 와서 어디론가 돌아다니지 않고 한곳에서 이런 정일靜逸을 즐길 수 있다는 사실이 너무 좋다. 도대체 이 공간을 채우고 있는 평화로움은 어떻게 가능해지는 것일까? 기지개를 켜지 않아도 나의 몸과 뇌에 산소 공급이 잘되고 있다. 여행기를 쓰고 있으니 나는 없어지고 글이 저 홀로 노트의 페이지를 채우고 있는 것 같다. 이 평화와 정일을 가능케 한 것이 이곳의 날씨와 자연인지, 호텔의 문화적 공간인지, 나의 사회적 조건인지, 아니면 순전히 현재 내 마음의 상태일 따름인지 궁금하다.

나는 이 풀사이드에서의 글쓰기와 정일을 기억해두고 싶다. 글도 글이지만 이미지로도 기억해두고 싶다. 나에게 사진기가 있었더라면 나는 지금 내 주변의 풍광을 여러 장 찍었을 것이고, 또 지나가는 호텔 직원을 불러 풀사이드에서 글 쓰고 있는 나의 모습도 사진에 담았을 것이다. 그러나 나에게는 사진기가 없다.

나는 이번 트래킹에 사진기를 가져오지 않았다. 언제부턴가 나는 어디를 가도 사진기를 가져가지 않는다. 다른 사람들이 늘 사진기를 가지고 있기 때문에 내 사진기가 없어도 나의 사진은 항상 많다. 요즘은 거의 디지털 사진이기 때문에 별 부담 없이 파일로 받을 수 있다. 그렇지만 사진을 찍어서 주는 분들에게는 고마움과 미안함을 느낀다. 그분들 덕택으로 사진은 거의 언제나 많아서 탈이지 없어서 아쉬울 때가 없다. 이번 트래킹에서도 여러 사람이 사진기를 가져와 많은 사진을 찍었다. 내가 트래킹을 하면서 만났던 풍광들은 그 사진들 속에 잘 간직되어 있을 것이다. 그 사진 속에는 내가 볼 수 없었던 나의 모습까지 들어 있을 것이다.

| 안나푸르나, 아이러니푸르나 |

그러나 내가 일행들과 헤어진 이후 나와 나의 주변 풍경을 사진에 담아줄 사람은 없다. 나는 옛 여행가나 탐험가들의 흉내를 내어본다. 즉, 내가 기억하고픈 것을 노트에 스케치해보는 것이다. 그래서 나는 여행기를 쓰는 도중에 훔데 비행장의 모습도 스케치해보고, 지금 머물고 있는 바라히 호텔의 모습도 스케치해본다. 어린아이 낙서 수준이지만 그 스케치를 통해 머릿속의 이미지는 한결 명료해졌다. 내가 스케치를 할 엄두를 낼 수 있었던 까닭도 풀사이드의 정일이 제공하는 느긋한 여유가 있기 때문일 것이다. 스케치는 보고 그리는 데 상당한 시간을 요구한다. 자동차에 비해 걷기가 느림의 문화이듯이, 스케치도 사진에 비해 느림의 문화이다.

옛 여행가나 탐험가들은 자신이 본 것들을 자세하게 스케치해두는 것이 상식이었다. 간혹 책이나 박물관 등에서 본 그 스케치들은 말할 수 없는 아름다움과 정겨움을 지니고 있다. 그들의 스케치북은 오늘날의 비디오카메라나 사진기 같은 역할을 했겠지만, 과거 그들이 스케치에 들인 시간과 수고는 그들에게 보다 많은 관찰과 통찰을 제공했을 것이다. 19세기 영국의 존 러스킨 같은 사람은, 사물에 대한 스케치 공부가 어학이나 산수처럼 교육의 필수 기본과목이 되어야 한다고 강하게 주장했다. 그림 공부로서가 아니라 관찰 공부로서 스케치 혹은 드로잉은 중요하다. 최근에는 건축이나 미술을 전공하는 사람들에게조차 스케치가 외면당하고 있는 것 같다.

사진은 인간에게 관찰과 기억의 수고를 덜어준다. 달리 말하면 사진 때문에 인간은 관찰과 기억을 등한시한다. 특히 디지털 사진은 피사체에 대해서 별다른 주의를 기울이지 않아도 되게 한다. 잘못 나온 사진, 시시한 이미지는 그냥 지워버리면 되기 때문이다. 아이러니하게도 사진은 인간이 보는 것을 방해한다. 그리고 또 아이러니하게도 사진기를 가져가지 않은 사람이 일행 중에서 가장 사진을 많이 찍히는 일반적 경향이 있다.

일반적으로 차나 비행기를 타고 이동하는 여행에서보다 걷는 여행에서 사람들은 보다 많은 것들을 만나고 또 본다. 그래서 여행은 걸어야 하는 것이고, 그런 점에서 트래킹이야말로 좋은 여행의 하나일 것이다. 그러나 나는 네팔의 산골을 일주일 넘게 걸으면서 무엇을 보았나? 돌이켜 생각해보니 그렇게 숱하게 보았던 네팔 사람들의 집의 모양도 잘 기억이 안 나고, 길가에 거칠게 퍼져 있던 가시나무의 모습도 자세히 기억이 나지 않는다. 산의 모습도 여러 개가 겹쳐서 막연하다. 함께 걸었던 포터들의 얼굴도 다는 기억나지 않는다. 내가 머물렀던 로지의 단편적 이미지도 어느 것이 어느 곳인지 분명치 않다. 왜 그렇게 허술하게 보고 다녔을까? 무의식적으로 사진을 믿고 있었던 것일까, 사진기도 안 가져간 주제에? 그럴지도 모른다. 서울로 돌아가서 다른 일행이 찍은 사진들을 모두 복사해서 보면 기억이 온전하게 복원될 수도 있을 것이다. 그러나 현장에서 내가 관찰했던 기억과 사진이 복원해주는 기억 사이에는 예사롭지 않은 틈이 있을 것이다.

기억을 대신하는 사진의 또 하나 놀라운 점은 현실 세계를 미화시키는 능력이다. 사진은 현실 세계의 숨은 아름다움을 찾아내고 또 그 아름다움을 과장한다. 그래서 사진 속 세계가 현실 세계보다 훨씬 아름답다. 히말라야 설산의 아름다움도 기념품 가게의 사진들 속에 더 많다. 어느 관광지에서건 풍광 사진은 사실 찍을 필요도 없을지 모른다. 왜냐하면 기념품 가게에서 사진집을 하나 사면 그 속에 멋진 풍광이 다 담겨 있기 때문이다. 사진 속의 아름다움들은 현실을 과장하고 대신한다. 그리고 우리를 현실보다 더 강하게 매료시킨다. 이런 점에서 사진의 리얼리티는 현실의 리얼리티를 억압하는 것일 수도 있다.

어제부터 보지만, 풀에서 수영하는 사람은 전혀 없다. 그러나 이 풀은 이 호텔의 분위기를 형성하는 핵심이다. 풀이 수영장이기 이전에 정원 혹은 조경의 중요한 일부라고 생각된다. 풀이 정원 혹은 조경의 중요한 일부라는 나의 통찰에 나 스스로 만족한다. 풀장에서 나는 수영을 하는 대신 글을 쓴다. 글이 잘 써진다. 영화에서 보면 풀사이드는 선탠을 하거나 섹스를 하거나 바비큐 파티를 하는 곳이다. 그러나 풀사이드는 글 쓰는 곳으로도 매력적인 것 같다. 사각의 푸른 물을 앞에 두고 언어의 세계를 헤엄치는 것은 해볼 만한 일이다. 흐르는 물 앞에서는 술을 마시고, 정지된 물 가령 호수나 풀 앞에서는 사색이나 글쓰기가 어울리지 않을까? 바라히 호텔의 이 풀사이드에서 한 달쯤 머물면서 책 읽기와 글쓰기를 하고 싶다. 방학을 이용해 이곳으로 글 쓰러 오면 안 될까? 비용이 그렇게 많이 들지도 않는데 무엇이 나로 하여금 그런 생활을 못 하도록 하는 것일까? 예전에 서구의 작가들은 낯선 도시의 호텔에 머물면서 작품을 집필하곤 했다. 그러나 나에게 그것은 사치스럽고 부자연스러운 일로 생각된다. 이런 생각들을 하기도 하며 여행기를 쓰고 있으니 오전이 금방 지나간다. 빨리 지나가는 시간이 아깝다.

[POKHARA]

아니, 이게 어떻게 된 일인가? 포카라 공항에서 내리니
공항의 전경, 기후, 공기, 세화로운 분위기 모든 것이
휘황반전 같다. Manang District 와 다를
받아 아니라, 그 보다 더 높았던 것은 Katmandu
와 180° 다르다는 사실이다. 이 곳에는 흙기가
많은 있었는, 건물들도 그리고 헝겊들도. 포카라,
흙기라도 이렇다구나, 대체 흙흙라를 노고 있는
우리 인행들의 그래이 볼만하였다.
Hotel은 내맘대로 내가 도박해즘, Barahi
Hotel로 가기로 있다. 공항에서 Hotel까지는
taxi. Taxi는 kia 라고 작지만 깨끗하다.
약 10분을 가는데, 거리는 흙흙게 한적하다.
카트만두의 그복잡교통에 눈은 내려야 것이
이해가 안된다. Hotel이 있는 Lakeside
지역은 그야말로 도시와 가격을 풀들을을 깊이
가득하고, 게다 믿게 Restaurant도 있다.
이곳은 Nepal이 아니고, 지중해의 어느 광장한
같다.
Hotel까지 taxi fare는 200 루피 외국사람들
                           —510원 (네팔사람이 풀어 지불하는
                                    10배)

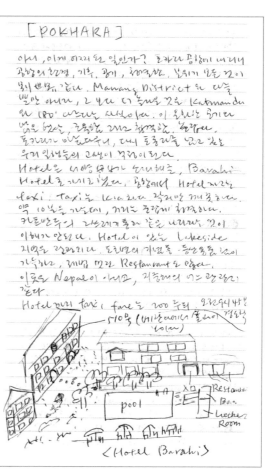

<Hotel Barahi>

11

가기 싫은 길

오후 1시경에 상주가 행글라이딩을 마치고 돌아왔다. 아주 재미있었
지만 마지막에는 좀 어지러웠다고 한다. 역시 아래에서 쳐다보는 설
산과는 전혀 다른 웅장함이 행글라이더에서 보이더라고 자랑한다.
멋진 이미지를 마음속에 담아두는 것은 그 자체로 큰 공부요 재산일
것이다. 상주가 돌아옴으로써 나의 행복한 풀사이드 글쓰기는 끝이
났다. 오늘 오후의 계획은 상주와 함께 자전거를 빌려서 국제산악박
물관International Mountain Museum에 다녀오는 것이다.

　길거리의 큰 나무 아래 자전거 빌려주는 곳이 있다. 한 시간에 40루
피다. 세 시간에 100루피로 하자고 흥정한다. 주인은 110루피 달라
고 한다. 나는 100루피로 안 해주면 다른 곳으로 가겠다고 한다. 주
인은 기가 찬 듯이 나를 보더니 원래 한 시간에 50루피라면서 딴 곳

으로 가라고 한다. 나는 머쓱해져서 말도 못 하고 딴 곳으로 간다. 괜히 몇 백 원 때문에 훨씬 귀찮아졌다. 상주도 한심하다는 듯이 날 쳐다본다. 다행히 얼마 안 가서 또 자전거 대여점이 있긴 했지만, 아까보다 오히려 조금 비싸게 자전거를 빌렸다. 삶에는 이런 사소한 어리석음이나 아이러니가 많다.

　국제산악박물관은 변두리 골목길들을 지나서 있다. 먼지 가득한 골목길이 곧 삶의 공간이다. 사람들은 골목에서 빨래하고 목욕하고 머리 빗고 모여서 담소하고 오락한다. 오리와 양과 개가 다니고 오토바이와 자동차가 다시 먼지와 소음을 뿌리고 가고…… 구접스럽지만 정겹기도 하다. 박물관은 제법 큰 부지에 새로 지은 듯하다. 네팔의 수준에서 보면 그럴듯하게 꾸민 공간이다. 네팔 고산족들의 전통적인 삶을 보여주는 자료들과 7000미터급 이상의 히말라야 고산 등정에 관련된 정보와 물품들이 제법 볼 만하게 진열되어 있다. 특히 8000미터급 산을 세계 최초로 등정한 프랑스인 모리스 에르조그 Morris Herzog의 안나푸르나 등정에 대한 자료들이 흥미롭다. 네팔에 오기 전 에르조그의 안나푸르나 등정기를 읽어둔 것이 이해에 많은 도움이 된다. 다울라기리 산을 등정하러 왔다가 안나푸르나를 최초로 올랐고 그 대가로 동상 걸린 손가락과 발가락을 잘라야 했던 에르조그이다.

　1950년 에르조그가 세계 최초로 8000미터급 안나푸르나를 성복

한 것을 필두로, 열강들은 앞을 다투어 등반대를 조직해서 네팔의 고산들을 정복하기 시작했다. 1953년에 영국팀이 초모룽마(에베레스트 8848미터)에 올랐고, 같은 해 독일과 오스트리아 연합등반대가 낭가파르바트(8126미터)에 올랐다. K2(8611미터)는 1954년 이탈리아 등반대, 칸첸중가(8586미터)는 1955년 영국 등반대, 로체(8516미터)는 1956년 스위스 등반대, 마칼루(8485미터)는 1955년 프랑스 등반대, 초오유(8201미터)는 1954년 오스트리아 등반대, 다울라기리(8167미터)는 1960년 스위스 등반대, 마나슬루(8163미터)는 1956년 일본 등반대에게 정상을 허락했다. 십 년 동안 세계 10대 고봉이 모두 열강들에게 정복당한 것이다. 이러한 열강들의 경쟁적 등정은, 제국주의적 침략의 분위기를 풍긴다. 서로 식민지를 많이 만들고, 서로 둔황의 보물을 많이 탈취하려 했던 그 개척정신과 관련이 있어 보인다.

국가적 차원에서 제국주의적 애국주의와 관련해서 생각해볼 수가 있다면, 개인적 차원에서는 위대한 도전정신과 관련해서 생각해볼 수 있을 것이다. 등정의 어려움을 상상하면 위대한 업적에 틀림이 없는 인간 승리의 드라마이겠지만, 목숨을 걸고 높은 설산의 꼭대기에 잠시 서보는 일이 도대체 무슨 의미가 있을까 하는 생각도 든다. 목숨을 걸고 남이 올라가보지 못한 높은 산을 오르는 것은 일종의 낭만적 모험이다. 삶의 지평은 낭만적 도전이나 모험에 의해서 확장될 수 있고, 확장되어왔다. 어떤 면에서 인류 문명과 역사의 발전은 낭만적

| 안나푸르나, 아이러니푸르나 |

도전과 모험의 덕분이라 할 수도 있다. 그러나 아무것도 없는 산꼭대기에 잠시 서보려는 낭만적 모험은 어떤 현실적 의미를 가지는지 알 수가 없다. 눈 덮인 킬리만자로의 산꼭대기에 표범이 올라와서 죽었다는 이야기도 있긴 하지만, 아무 이유 없이 설산 꼭대기에 목숨을 걸고 올라가는 존재는 인간 외에는 없을 것이다. 그런 점에서 인간이란 참으로 별난 존재다.

자전거를 타고 박물관을 찾아가는 길도 쉽지 않았지만, 되돌아오는 길도 혼란스럽다. 어느 길이 왔던 길인지 알기 어렵고 또 지도와 실제 길을 연결시키기가 쉽지 않아서 우리는 자주 자전거를 멈추고 지도를 펼쳐 우리가 있는 지점을 가늠했다. 그리고 노면 상태가 나빠서 안장에 부딪히는 엉덩이가 꽤 아프다. 흙길인지, 돌길인지, 포장도로인지 구분이 안 되는 곳이 많다. 그리고 자동차가 지나가며 내뿜는 매연과 먼지가 괴롭다. 또 사람과 가축과 자전거와 자동차가 뒤엉킨 곳을 헤쳐 나가기가 만만치 않다. 호숫가의 관광거리를 벗어나니 포카라도 역시 네팔이라는 생각이 들 정도로 거리가 지저분하다. 그래도 카트만두보다는 낫다.

네팔의 길은 대체로 나를 힘들게 만든다. 안나푸르나의 먼지 가득한 트래킹 길도 그랬고, 카트만두에서 베시사하르까지의 자동차 길도 그랬고, 정도가 약하긴 하지만 오늘 포카라에서의 자전거 길도 그렇다. 안나푸르나의 먼지 가득한 트래킹 길은 트래킹 2일째 자라트에서 나다빠니Darapani까지가 제일 심했다.

7시에 자라트를 출발해서 계곡을 따라 계속 올라간다. 계곡은 깊고 험하다. 폭포들을 곳곳에서 볼 수 있다. 험상궂은 돌산에는 나무가 드문드문 있다. 길의 상태는 짜증스럽다. 도로공사를 하다 말고 방치해둔 듯, 돌멩이와 흙먼지가 가득하다. 실제로 도로공사 중인 길도 있다. 게다가 노새들의 똥오줌이 지천으로 널렸다. 가끔 짐을 싣고 가는 노새 떼를 만나면 사정은 더 나빠진다. 저 아래 계곡은 옥빛으로 빛나고 생기가 있으나, 길은 먼지로 숨쉬기조차 어렵다. 가끔 길옆에 움막 같은 집이 보이는데 간이 수력 발전소다. 그러나 오래전에 망가진 듯 작동하지 않고 있다. 참제 Chamje는 바위 협곡 사이의 조그만 마을이다. 마을 조금 앞에서 길 공사를 하고 있다. 길 공사라고 하지만 소년 몇 명이 징과 망치로 바위에 구멍을 뚫고 있을 뿐이다. 망치로 바위 치기가 아니라 달걀로 바위 치기로 보인다. 곳곳에 바위 조각들이 널려 있어 걷기가 불편하다. 참제 마을에서 눈에 띄는 것은 쌓아둔 장작뿐이다. 돌계단 양편으로 집들이 있고, 계단에서 아이들 몇 명과 닭 몇 마리가 놀고 있을 뿐이다. 무척 가난해 보인다.

참제를 지나니 길은 더욱 나빠진다. 다니던 길은 공사로 폐쇄되고 임시로 만든 길이 산 중턱을 넘어가도록 되어 있다. 우리는 십 분이면 갈 수 있는 거리를, 높은 산을 넘어서 가야 했다. 그러

| 안나푸르나, 아이러니푸르나 |

나 그보다 더 힘든 것은, 가파른 비탈길에 가득한 돌멩이와 먼지였다. 건조하고 거친 땅을 짐 실은 노새들이 다니면서 다 헤집어 놓은 탓이다. 도로공사를 하지 않는 길들도 돌멩이와 먼지로 걷기가 고통스러운 곳이 많은데, 보아하니 노새들이 다니면서 길이 파여 그렇게 된 듯하다.

최악의 길을 힘들게 지나서 점심 무렵 탈Tal에 도착했다. 이제까지는 람중 지역이고, 탈부터는 마낭 지역이다. '탈'은 이곳 말로 호수라는 뜻이다. 멀리서 보면 마을 옆으로 굽이쳐 흐르는 강물은 잔잔한 호수 같다. 계곡 아래 강물이 휘돌아 가는 곳에 넓게 생성된 모래톱이 있는데, 탈은 그 모래톱 위에 조성된 마을이다.

| 안나푸르나, 아이러니푸르나 |

대개의 마을들이 높은 협곡에 위치해 있는데, 탈은 특이하게 물가에 있다. 그래서 언덕 위에서 탈을 내려다보면 평화롭고 아름답다. 마을 곁에 옥빛 강물이 마치 하회처럼 휘돌아 가는데, 그래도 물살은 매우 빠르다.

점심이 준비되는 동안, 상주는 강물에 발을 씻고 온다. 물이 너무 차서 발을 담그기도 어렵다고 한다. 점심식사를 위해 찾아든 로지는, 마당은 넓고 좋으나 주방과 식당은 매우 한심해 보인다. 가이드도 눈치를 챘는지, 이번에는 여기에 들 수밖에 없으니 이해해달라고 한다. 기분이 좋지 않다. 먼지 나는 길 때문에 내내 짜증스러웠는데, 점심 먹는 식당도 신경을 날카롭게 만든다. 마당에 놓인 테이블에 앉아 쉬는데, 바람이 차다.

조용히 앉아 마음을 다스리지만, 먼지투성이 길과 한심한 식당에 대해 몸과 마음이 내내 부정적인 반응을 보인다. 반야심경에 "제법무상 불생불멸 불구부정 부증불감諸法空相 不生不滅 不垢不淨 不增不減"이라 했다. 모든 법이 다 텅 비었으니, 생기는 것도 없고 멸하는 것도 없으며, 더러운 것도 없고 깨끗한 것도 없고, 느는 것도 없고 줄어드는 것도 없다는 부처님의 가르침이다. 나의 지나친 분별심을 혼내느라 부처님이 이러한 상황을 마련해두셨는지 모른다.

포터들은 문가 계단에 앉아서 쉬고 있다. 그들은 우리가 식사를 한 뒤에 식사를 한다. 식사도 그렇고 잠자리도 그렇고 우리보다 훨씬 허술하다. 그뿐 아니라 옷이나 신발도 아주 허술하다. 그들은 어제와 오늘, 다 떨어진 슬리퍼를 신고 그 험한 돌길을 20킬로그램의 짐을 지고 왔다. 마을 사람들도 마찬가지다. 그들

은 슬리퍼를 신고 무거운 짐을 나른다. 어떤 여인은 수십 마리 닭을 닭장 채로 지고 우리를 앞질러 갔다. 이들에 비하면 비장한 각오로 힘든 여정을 소화하고 있는 우리들의 모습이 순간적으로 우스워진다.

우리의 육체가 대자연의 거대한 힘 앞에서 무력감을 느끼는 것은 당연하다. 그러나 체격이 왜소한 사람 앞에서 느끼는 육체적 무력감은 우리에게 굴욕감을 준다. 우리는 육체적으로 힘든 여정에 상당한 의미를 두고 안나푸르나 트래킹을 하러 왔다. 그러나 그 의미는 서울의 친구들 앞에서는 살아날지 몰라도 이곳 현지인들과 비교하면 순식간에 사라진다. 오히려 굴욕감이 생긴다. 포터나 현지인들과 비교할 때 나의 힘든 트래킹 여정이 별로 긍지를 가질 만한 것이 아니라는 사실이 오늘 하루의 여정을 더욱 힘들게 만든다. 그러나 달리 생각하면, 살아온 환경이 다른 사람들의 육체적 특성을 단순 비교 하는 것은 적절치 않다.

탈을 지나자 길은 절벽에 붙어 있다. 오른쪽 절벽에는 마오이스트들의 구호가 붉은 페인트로 적혀 있기도 하다. 왼쪽 아래에는 강물이 씩씩하게 흐른다. 절벽 중턱으로 난 길은 그래도 걷기가 좋다. 그러나 역시 걷기 좋은 길은 곧 끝이 나고 다시 돌멩이와 먼지가 가득한 길이 이어진다. 계곡이 험해서 폭포가 자주 보인다. 오후 5시경, 다라파니의 세븐Seven 호텔에 도착했다. 다라파니는 협곡 사이에 좁게 끼어 있는 특색 없는 작은 마을이다.

안나푸르나 어라운드 트래킹에서 나의 상상과 제일 달랐던 것은 아이러니하게도 길의 모습이다. 트래킹의 주제는 길과 풍경이다. 좋은 트래킹 코스는 결국 좋은 길을 뜻한다. 특히 안나푸르나 어라운드 트래킹 코스는 수백 년 된 역사의 길이다. 안나푸르나 어라운드 트래킹 코스는, 보통 ABC라고 부르는 안나푸르나 베이스캠프 트래킹 코스와 성격이 다르다. EBC(에베레스트 베이스캠프 코스)나 MBC(마나슬루 베이스캠프 코스)도 마찬가지이지만, ABC는 원래 등산을 위해 만들어진 길을 걷는 것이다. 그 길은 등산이나 트래킹을 하러 오는 이방인들 때문에 만들어진 최근의 길이다. 그러나 안나푸르나 어라운드 코스는 500년 전부터 사람들이 노새를 몰고 다니던 삶의 길이고, 상업의 길이고, 역사의 길이다. 500년 전부터 티베트 사람들은 이 길로 소금을 지고 내려와서 곡식을 얻어가고, 네팔 사람들은 곡식을 지고 올라가서 소금을 얻어 왔다고 한다. 지금도 현지인들은 무거운 짐을 지고 이 길을 다닌다. 노새에 짐을 싣고 다니기도 한다.

자동차가 접근하지 못하는, 수백 년 된 길은 당연히 고즈넉하고 아름다워야 한다. 나는 안나푸르나 어라운드 트래킹의 길 위에서 다음과 같은 길에 대한 명상을 할 수 있을 것으로 기대했다.

오솔길은 물론이지만 세상의 모든 길은 땅바닥에 새겨진 기억이며 오랜 세월을 두고 그 장소들을 드나들었던 무수한 보행자들이 땅 위에 남긴 잎맥 같은 것, 여러 세대의 인간들이 풍경 속에 찍어놓은 어떤 연대감의 자취 같은 것이다. 그리로 지나가는 행인 한 사람 한 사람의 지극히 작은 서명이 거기 알아볼 수 없는 모습으로 찍혀 있다. 그는 길의 표면을 고르게 다져놓으며 지나간다. 자동차를 몰고 가는 사람은 가능한 한 빨리 목적지에 도착하기 위하여 자신에게나 남들에게나 다 같이 치명적이 될지 모르는 싸움에 열중한다. 그러나 걷는 사람은 그렇게 바빠 서두르는 법이 없다. 그런 흙길을 따라 걷는다는 것은 곧 눈에 보이지는 않지만 실제로 존재하는 공모관계에 따라 수많은 다른 보행자들의 뒤를 따라간다는 것을 의미한다. 길이란 인간들이 지나가든 말든 아무런 관심이 없는 식물과 광물의 세계 한복판에 남겨진 흙의 상처다. 너무나도 짧은 한순간 무수한 발자국들이 찍혀진 땅바닥은 인류의 징표다. 자동차의 타이어는 마음가짐 같은 것은 아랑곳하지 않고 길에서 마주치는 것은 무엇이나 다 납작하게 깔아뭉개버리는 공격성을 발휘한다. 그러나 땅을 밟는 발에는 그런 공격성이 없다. 동물이 남기는 흔적은 거의 감지할 수 없을 정도로 미미하다.

다비드 르 브르통, 김화영 옮김, 『걷기예찬』, 현대문학, pp.119~120

내가 안나푸르나에 온 것은 걷기 위해서이고, 아름다운 길을 만나기 위해서이다. 내가 아는 '산길'이나 '시골길'이라는 단어 속에는 걷기 좋은 아름다운 길이라는 뜻이 내포되어 있다. 안나푸르나 트래킹 길은 당연히 고적하고 평화롭고 아름다워야 했다. 그렇지만 실제 안나푸르나 트래킹 길의 대부분은 전혀 그렇지 못했다. 나의 걷기는 짜증나는 길의 상태 때문에 불쾌하고 피곤한 것이 되었다. 대부분의 길은 삭막했으며, 특히 포클레인으로 파헤친 듯한 거친 길도 자주 만났다. 실제 여러 곳에서 자동차 길을 내기 위한 공사가 아주 느리게 진행되고 있다. 지난 2000년에 이곳을 여행했던 사람이 쓴 여행기에서 공사 중인 도로에 대한 불평과 우려를 읽은 적이 있는데, 그 후 십 년이 지난 지금까지 공사가 많이 진척된 것 같지는 않다. 지금도 상제까지는 지프차가 다닌다고 하는데, 이런 속도로 상제에서 마낭까지 자동차 길을 만들려면 수십 년이 더 걸릴지 모르겠다. 자동차 길이 만들어져 마낭까지 자동차가 다니게 되면 아마도 안나푸르나 트래킹 코스는 끝이 날 것이다. 어떤 신비한 지역이라도 자동차가 들어가는 순간 세속적이 되고 상업적이 되고 풍속과 인성이 바뀐다. 달리 말하면 본래의 아우라를 상실하고 진부하고 소란스러운 공간으로 바뀐다. 자동차가 다니지 않는 지금도, 안나푸르나 트래킹은 공사판을 지나다니는 꼴이다.

한편 다비드 르 브르통의 길에 대한 명상에도 잘못은 있다. 그는 동물이 남기는 흔적은 거의 감지할 수 없을 정도로 미미하다고 했는데, 안나푸르나 산골에서 이 말은 별로 설득력이 없다. 노새들이나 야크들의 발자국들은 건조하고 거친 지형의 길을 돌멩이와 먼지의 뒤범벅으로 만든다. 노새 무리들의 발자국은 땅에 결코 친절하지 않다. 자동차 매연과 소음이 가득한 도시에서의 걷기가 괴로움이듯이,

　　　| 안나푸르나, 아이러니푸르나 |

하루 종일 돌멩이와 먼지가 뒤범벅된 길을 걷는 것도 괴로움이다. 나는 길의 악마성을 즐기는, 모험심이 강한 트래커가 아니다. 나는, 길이 싫으면 걷기도 싫다.

12

스테이크 하우스와 포터

국제산악박물관을 구경하고 돌아와 저녁을 먹으러 나간다. 상주가 고기를 좀 먹자고 한다. 원래 호텔에서 금요일마다 하는 야외 바비큐 파티에서 저녁을 먹을 예정이었지만, 손님이 없어 파티가 취소되었다. 여러 경로로 정보를 수집해서 스테이크 하우스를 찾아 나선다.

히말라야 스테이크 하우스는 도로변 건물 2층에 있는데, 철제 계단으로 길에서 바로 올라가게 되어 있다. 바깥에서 바라본 인상은 어딘지 허술하거나 거칠어 보인다. 일단 분위기를 파악하러 들어가본다. 실내는 심플하다. 서까래가 그대로 노출된 창고형 목조 건물인데, 테이블의 배치도 큰 회사의 구내식당처럼 간단명료하다. 네팔인 종업원이 하얀 가운을 입고 인사를 한다. 손님은 동양인 남자 두 명,

| 안나푸르나, 아이러니푸르나 |

서양인 커플, 그리고 저 안쪽 큰 테이블에 서양인 청년 여섯 명이 식사를 하고 있다. 손님들의 접시를 얼핏 보니, 무쇠판에 담겨 나온 스테이크와 프라이드 포테이토가 그럴듯해 보인다. 양이 많다. 긍정적인 느낌이 든다. 상주와 나는 눈짓을 하고 자리에 앉았다.

종업원이 메뉴를 들고 왔다. 메뉴에는 소스의 종류에 따라서 스테이크의 종류가 많다. 나는 소고기를 시키지 않고 치킨을 시킨다. 물소 소고기의 맛에 대한 불신 때문이다. 상주는 소고기 스테이크를 시킨다. 잘 모를 때에는 가장 평범한 것이 좋다는 가정 아래, 메뉴의 첫 번째 소스를 선택한다. 시키면서 다시 옆 테이블의 서양인 청년들이 먹는 것을 훔쳐보니 정말 양이 많다. 마실 것으로 나는 무스탕 위스키Mustang Wisky라는 것을 시키고, 상주는 콜라를 시킨다. 그런데 메뉴에 1.5리터 페트병 콜라도 있어 그것을 시킨다. 이 집의 분위기에는 페트병 콜라가 오히려 잘 어울린다. 무스탕 위스키는 배갈처럼 독하고, 맛이 탁월하다. 이 독한 술 또한 이 집의 분위기와 잘 어울린다. 무스탕은 안나푸르나와 다울라기리의 북쪽에 있는 은둔의 나라다. 그 나라에 가려면 5일 이상 야영을 하며 걸어서 가야 하고, 또 입국하는 데 700불을 내야 한다고 한다. 그곳에서 사과로 술을 담가 증류시킨 독주가 무스탕 위스키이다. 원래 술 이름은 따로 있겠지만, 외국인들을 위해 편의상 위스키로 부르는 모양이다.

우리는 마늘빵도 하나 시켰는데, 이 마늘빵이야말로 이 식당의 분위기를 그대로 상징한다. 마늘빵은 보통의 토스트빵에 버터를 약간

바르고 그 위에 마늘을 손톱만 하게 듬성듬성 뿌려서 오븐에 구워
낸 것이다. 토스트 위에 얹은 마늘 조각들을 보고 그 거친 순박함에
감탄했다. 독한 술과 1.5리터들이 페트병 콜라와 마늘 조각을 얹은
마늘빵과 거대한 스테이크와 굵은 프라이드 포테이토는 멋진 야성
을 풍긴다. 80년대에 처음 미국에 갔을 때 시골 식당에서 내가 절반
도 못 먹었던 햄버거, 들기조차 무거운 포크, 세숫대야 같은 커다란
머그잔이 오히려 밀릴 정도의 분위기와 크기이다. '어센틱authentic'
이라는 단어가 머리에 떠오른다. 거칠고 강하고 순박하면서 정수가
살아 있는 느낌 같은 것이다.

식당 분위기 탓일까, 옆 테이블에서 식사를 하는 서양인 청년들에
게 눈길이 자주 간다. 그들이 내뿜는 에너지가 나도 모르게 나를 압
도하는 모양이다. 모두들 북유럽의 촌놈들 같다. 털도 많고, 골격이
고릴라 같다. 한 명 끼어 있는 아가씨도 여전사처럼 강인하게 생겼
다. 그러면서 순박해 보인다. 바이킹족이나 게르만족이 아닐까 막연
히 짐작해본다. 동양 젊은이들에게서는 잘 느낄 수 없는 순박한 야
성적 힘이다. 이 식당의 스테이크가 양이 많다 하더라도 저들에게는
초코파이처럼 입 안에서 사라져버릴 것 같다. 강인하지만, 거칠거나
공격적인 느낌은 주지 않는다. 타고난 육체적 강인함이 순박한 심성
에 의해 순화되어 있는 것 같다. 저 강인함은 그냥 타고난 것이다.
저것은 강한 훈련에 의해서 획득된 것도 아니고, 거친 환경에 의해
단련된 것도 아니고, 정신적 수련을 통해 얻어진 극기의 강인함도

아니다. 그냥 곰이나 코끼리가 지닌 힘 같은 것이다. 나는 저들의 순박한 강인함에 부러움과 열등감을 느낀다. 저 힘은 낭만적 청춘의 조건이기도 할 것이다. 아마도 저들은 안나푸르나 트래킹을 하더라도 포터를 고용할 필요를 전혀 느끼지 못할 것이다.

저들의 강인함은 포터들의 강인함과 다른 종류일 것이다. 우리와 함께 트래킹을 했던 포터들은 체격이 왜소한 편이다. 그럼에도 포터들은 20킬로그램 이상의 짐을 지고 산길을 걷는다. 입성도 아주 허술하고, 신발은 더욱 허술하다. 거친 돌맹이와 먼지의 길과 만만치 않은 추위에도 불구하고 포터들은 보통 맨발에 슬리퍼를 신고 다닌다. 현지 짐꾼들은 우리들이 고용한 포터들보다 더 악조건 속에서 짐을 나른다. 80킬로그램의 짐을 지고 베시사하르에서 마낭까지 86킬로미터를 8일 걸려 운반하는 짐꾼들도 있다고 한다. 이들의 강인함은 어디서 온 것일까? 네팔 사람들은 오래전부터 그 용맹성을 인정받았다. 세계에서 가장 유명한 용병이 네팔의 구르카 용병이다. 영국군이 그들의 충성심과 용맹성을 알고 처음 용병으로 고용한 이래, 구르카 용병은 지금도 전 세계적으로 활동하고 있다. 현재 아프가니스탄이나 보스니아에서 활동하는 상당수의 영국군은 구르카 용병이다. 뿐만 아니라 구르카 용병은 인도나 파키스탄의 군대에서도 활약하고 있고, 싱가포르 경찰로 또는 브루나이 왕족의 개인 경호원으로도 활약하고 있다. 굴곡진 쿠크리 나이프Khukuri Knives로 상징되는 구르카 용병들은 네팔 사람들의 강인함을 증명하는 것이기도 하다.

이러한 네팔 사람들의 강인함은 아마도 거친 환경 속에서 오랫동안 단련된 덕분이 아닐까 한다. 물론 유전적인 강인함도 있을 것이다. 아파 셀파Appa Serpa라는 사람은 에베레스트에 13회나 올라 기네스북에 기록된 사람이다. 이 아파의 강인함이 거친 환경 속에서 오랫동안 단련만 한다고 생기는 것은 아닐 것이다. 그러나 일반적으로 네팔 사람들의 체격은 왜소해 보인다. 왜소한 체격이 지닌 강인함 속에는 '인고' '단련' '정신의 힘' '생존' 같은 단어들이 들어 있다.

이러한 강인함에 비해 서양 청년들이 지닌 강인함은 그냥 타고난 동물적 힘이라는 느낌을 준다. 물론 네팔 사람들의 강인함이 더 큰 인간적 매력과 가치를 지니는 것일지 모른다. 그래도 나는 서양 청년들의 타고난 강인함에 더 큰 매력을 느낀다. 네팔 사람들이 지닌 강인함은 우리 사회에서 너무 과잉인 어떤 성격과 관련이 있다. '악바리 정신' '헝그리 정신' '정신력으로 버티기' 등등은 우리가 흔히 사용하는 말이지만, 그 속에는 약한 자의 이기기 위한 안간힘이 들어 있다. 굳이 안간힘까지 쓰지 않아도 되는 넉넉한 힘의 육체를 타고났다면 그건 더 좋은 것이다. 지금까지 우리 사회는 이 안간힘으로 오늘의 발전을 이루었다고 할 수 있다. 그러나 이제 나의 개인적 삶에서도 그리고 우리 사회에서도 '악착齷齪'이 별로 많지 않았으면 좋겠다. 악과 착의 원래 뜻은 작은 이빨이다. 작은 이빨로 큰 고기를 잡아먹으려면 얼마나 집요하게 물고 씹고 해야 할까? 악착같이 돈

벌고, 악착같이 이기고, 악착같이 출세하고, 악착같이 일등 하고, 악착같이 합격하지 않아도 되는 세상에서 살고 싶다.

히말라야 스테이크 하우스에서 배도 부르고 생각도 부르다.

13

파게니 가족과 서양 모녀

히말라야 스테이크 하우스에서 식사를 마치고 호텔로 돌아가는 길에 여행사 주인을 다시 만났다. 그는 내일 아침 커피를 한 잔 대접하고 싶다고 한다. 아마도 자기네 아이들을 귀여워해주고 또 볼펜과 과자를 준 데 대한 답례인 것 같다. 거절하기도 뭣해서 그러자고 했더니, 내일 아침 8시에 사무실에서 보자고 한다.

다음 날, 그러니까 1월 30일 아침 8시에 여행사 사무실로 갔다. 사무실에는 뜻밖에 소년만 있다. 의아하다. 약속을 가벼이 여길 사람으로 보이지 않았는데 왜 아이만 있을까? 소년은 전화를 걸어서 나에게 바꿔준다. 주인 남자의 목소리다. 집이 가까우니 자기 아들과 함께 집으로 오라고 한다. 순간 당황한다. 뭔가 복잡해지고 또 부담스러워진다. 그러나 모범적인 네팔 가정을 방문해보는 것도 의미가 있

| 안나푸르나, 아이러니푸르나 |

을 것이다. 어제 그제와는 달리 소년은 조신하다. 아마도 자기 집을 방문한다고 하니 긴장이 되었나 보다.

집은 사무실에서 약 오 분 거리다. 쪽문이 달린 청색 철제 대문은 내가 어릴 때 동네에서 흔히 보던 것과 비슷하다. 쪽문을 열고 들어가니 현관까지 약 15미터 정도의 좁은 시멘트 길이 있고, 그 길 양쪽으로 채소밭이 있다. 양배추, 브로콜리 등등의 채소가 자라고 있다. 현관에 들어서니 좁은 거실이 있고, 방은 두 개 있는 것 같다. 오른쪽 방은 문이 열려 있는데, 사용하지 않는지 박스와 짐들이 쌓여 있다.

주인 남자가 거실의 소파에 앉으라고 권한다. 노란 인조가죽 소파는 작고 옹색하다. 소파에 앉아 비로소 거실을 자세히 살펴본다. 맞은편에 조그만 책상이 있고, 책상 위에 17인치쯤 되는 구식 텔레비전과 전화기가 놓여 있다. 오른편에는 책장이 있는데, 아이들 책과 공책들 그리고 종이 뭉치 같은 것이 있다. 그 외에 별다른 기물들은 없다.

현관 바로 밖 오른쪽에 2층으로 가는 계단이 있는데, 부엌은 위에 있는 것 같다. 아이들이 그 계단으로 왔다 갔다 한다. 소녀도 어제만큼 수다스럽지 않다. 부인은 차를 준비하는지 아직 나타나지 않는다. 아이들은 오늘 토요일이라 수업은 없고, 나중에 늦게 특별활동이 있다고 한다. 내가 카트만두보다 포카라가 깨끗하고 살기 좋겠다고 했더니, 주인은 포카라 사람들은 쓰레기를 잘 치운다고 말한다. 주인은 교양 있고, 친절한 사람이다.

조금 있으니 소년과 소녀가 접시를 하나씩 들고 온다. 접시에는 야채를 넣고 얇게 부친 달걀부침 한 판과 1.4인치 플로피디스크 크기의 토스트 두 쪽 그리고 커피가 있다. 아침식사인 모양이다. 난처하다. 9시에 호텔 식당에서 서양인 모녀와 아침식사를 하기로 했는데, 여행사 주인이 아침식사를 준비할 줄은 몰랐다. 나는 양해를 구하고, 접시 하나를 상주와 함께 나누어 먹기로 했다. 네팔 사람들은 체구도 작지만 정말 적게 먹는 것 같다. 달걀부침도, 토스트도 그리고 커피까지도 양이 적고 맛이 없다. 그래도 성의껏 조금 먹었다. 아이들과 주인 남자도 내가 먹는 것과 같은 것을 곁에서 먹는다. 아이들에게 오늘 아침식사는 특별한 것인지 모른다. 부인이 손님 때문에 특별히 만든 것일 테니까 말이다.

그제야 부인이 와서 인사를 한다. 깡마른 여자인데, 일상적인 전통의상을 입고 있다. 네 식구 가운데서 영어가 제일 서툴다. 그러나 대화에 참여하려고 애를 쓴다. 나의 전공을 묻는다. 문학이라고 했더니 친밀감을 표한다. 부인의 전공은 뭐냐고 물으니, 자기는 초등학교라서 모든 과목을 다 가르친다고 한다. 내가 정원의 채소를 칭찬해주니 좋아한다.

사는 것, 먹는 것이 허술한 듯이 보이긴 해도 안정감이 높다. 아주 모범적인 가정이다. 부모의 교양도 높고, 아이들도 똑똑하다. 가족의 분위기도 좋다. 특히 중학생 소녀의 영어 실력은 상당하다. 사회의 수준이 조금만 높아지면, 아이들이 어른이 될 즈음이면, 상당히 수준 높은 생활을 하게 될 것 같다. 네팔 아이들은 귀엽고 총명하다. 인물도 좋은 편이다. 그리고 네팔은 좋은 자연 환경을 가졌다. 관광자원은 물론이고, 지하자원이나 수水자원도 아주 풍부하다고 한다. 오랜 역사 속에서 정신적 유산도 많은 편이다. 그럼에도 불구하고 네팔이 이렇게 가난한 나라, 혼잡한 나라인 까닭은 무엇일까? 여러 가지 이유가 있겠지만 무엇보다 무능한 왕정의 오랜 통치나 그것을 뒤집은 공산주의 정당의 서툰 통치 탓이 큰 것으로 짐작된다. 나는 선진 사회를 이루는 데 있어서 가장 중요한 조건을 사회 구성원의 수준이라고 생각한다. 그러나 그 조건은 필요조건이며, 그것이 충분조건이기 위해서는 좋은 지도자가 있어야 한다고 생각한다. 네팔의 경우, 필요조건은 갖추었으나 아직 지도자를 가지지 못한 게 아닌가 한다. 파게니 가족을 만나 보니 네팔의 미래는 밝아 보인다. 물론 좋은 지도자가 나타나야 하겠지만 말이다.

주인 남자는 노트 조각에 가족의 이름과 이메일 주소, 전화번호를 깨알같이 정성스레 적어준다. 그것을 받아 들고 나와 상주는 호텔로 돌아왔다.

오늘 아침식사 후, 우리는 바라히 호텔을 떠나 레이크 팰리스Lake Palace 호텔로 옮겨야 한다. 그곳에서 트래킹을 모두 마치고 돌아오는 일행을 만나 일박을 하고 카트만두로 돌아가게 된다. 그래서 오늘 아침식사를 서양 모녀와 함께 하기로 약속했다. 파게니 가족에게 인사를 하고 호텔 식당으로 오니, 구석 자리에 서양인 모녀가 자리를 잡고 이미 식사를 하고 있는 중이다. 딸인 나오미는 핫케이크만 여러 장 가져다놓고 먹고 있고, 엄마인 미에는 식사 중에 누군가와 통화를 하고 있다. 수다스럽기도 하고 바쁘기도 한 여자다.

상주와 나는 인사를 나누고, 음식을 가져와 옆자리에 앉았다. 역시 모녀는 활달하고 화제가 풍부하다. 그리스 크레타 섬에 산다고 하며, 거기서 부동산업을 하는데, 네팔 어린이를 돕는 일을 한다고 한다. 얼마만큼 부자인지는 알 수 없지만, 네팔 어린이를 돕는 일을 한다고 하니 새삼 여유와 품위가 있어 보인다. 모녀는 정말이지 네팔이라는 나라를 좋아하는 것 같다. 우리는 여행 대상으로서 세계 여러 나라들에 대해서 이야기하고 또 카트만두에서 볼 만한 곳도 이야기하며 식사를 했다.

미세스 미에가 가방을 열더니 조그만 술을 한 병 꺼낸다. 우조Ouzo라는 그리스 술인데 내게 선물로 준다. 여러 가지를 칵테일해서 마시는 방법도 코믹하게 설명해준다. 나는 고맙다고 받고, 나도 조그만 선물을 내놓는다. 이미 홈데의 로지에서 하나 준 적이 있는 '핫맨Hot Man'이라는 이름이 적힌 핫팩 두 개를 주자 그녀는 아주 호들갑스럽게 "아이 러브 핫맨"이라고 고마움을 표한다. 아마도 그리스는 따뜻한 지중해 나라라서 이런 게 없는 모양이다. 네팔 시골의 추위를 아는 그들에게 아마도 핫팩은 꽤 유용하게 쓰일 것이다.

| 안나푸르나, 아이러니푸르나 |

식사를 마치고 풀사이드에서 사진을 함께 찍고 작별인사를 했다. 서양 모녀를 만나 포카라에서 쉽게 좋은 호텔을 찾은 것은 행운이었다.

14

가난한 나라의 비싼 문명 2—골프

포카라에서의 3일 동안 가장 강렬했던 체험은 히말라야 골프장에서의 라운딩이다. 여행 가이드북을 뒤적이다가 "골퍼들은 포카라에서 동쪽으로 7킬로미터 떨어진 히말라야 골프장에서 그들이 원하는 모든 것을 빌릴 수 있다"라는 구절을 발견했다. 이런 도시에 골프장이 있다는 사실이 뜻밖이었고, 도대체 그 골프장은 어떻게 생겼으며 어떤 사람들이 이용할까 하는 궁금증이 생겼다. 나는 내가 포카라에서 골프를 칠 수 있을 거라고는 전혀 상상하지 못했다. 그러나 그것은 우연히 현실이 되었다.

파게니 씨 집에 갔을 때, 파게니 씨는 네팔 관광에서 자기가 도와줄 것이 없느냐고 형식적인 말로 끊어진 화제를 이었다. 나도 그냥 재미로 골프장에 대해 물어보았다. 그랬더니 파게니 씨는 포카라에 골프장이 있으며, 혼자서도 골프를 칠 수 있을 거라고 했고, 자기가 교통편도 마련해줄 수 있다고 했다. 그리고 바로 골프장에 전화를 걸어서 오늘 골프가 가능하느냐고 물어봐주었다. 상황이 그렇게 돌아가니 정말 내가 골프를 칠 수 있을지 모르겠다는 생각이 들었다. 사실 골프를 치고 싶다기보다는 네팔의 골프장을 한번 보고 싶었다. 모르긴 해도 그것은 홈데 공항만큼이나 특별한 모습일 것 같았다.

나는 1인 플레이에서부터 카트피까지 거의 열 항목에 달하는 질의서를 만들어서 파게니 씨에게 주었다. 파게니 씨는 전화로 자세히 알아봐주었다. 1인 플레이 가능, 18홀에 45달러(캐디피 포함), 클럽, 신발 대여 가능, 오늘 바로 플레이 가능, 카트는 없음 등등이 확인되었다. 나의 흥미는 점점 커졌다. 파게니 씨는 택시를 대절해 가야 하는데, 택시 대절 비용으로 약 2000루피가 든다고 알려주었다. 결국 골프장에 가보기로 결심하고, 파게니 씨를 통해 예약을 했다. 1월 30일 아침, 파게니 씨의 집을 방문한 것이 뜻밖에 포카라에서 골프를 치는 결정적 계기가 되었다.

바라히 호텔을 체크아웃하고, 11시쯤 다시 파게니 씨 사무실로 갔다. 골프장 그린피와 택시비 모두 파게니 씨에게 지불해도 된다. 편리한 시스템이다. 택시비는 파게니 씨가 잘 말해서 1700루피로 할인해준다. 택시는 배기량 약 800시시 정도인 허술한 경차인데, 나이 지긋한 운전사가 친절하고 점잖아 보인다. 영어도 비교적 잘 통한다. 레이크 팰리스 호텔에 상주를 내려주고, 나는 골프장으로 향했다.

한참을 가도 가난한 동네들만 나오고 골프장 비슷한 것도 보이지 않는다. 삼십 분쯤 걸린다고 했는데, 시간이 다 되어서도 골프장이 있을 법한 풍경은 나오지 않는다. 그 대신 철책이 쳐진 매우 넓은 땅이 나왔는데, 운전수는 새로운 공항 부지라고 한다. 택시는 계속 변두리 동네 골목을 지난다.

마침내 택시는 철책 너머로 잡풀이 우거진 폐허가 보이는 철문 앞에 멈춘다. 택시가 경적을 울려도 인기척이 없다. 운전사가 내려서 철문을 잡고 안쪽을 들여다보고 있으니, 경비원인 듯한 사람이 나와서 자물쇠를 풀고 문을 열어준다. 여전히 골프장이 있을 만한 풍경은 나타나지 않는다. 철문을 지나니 짓다 만 집들이 여러 채 버려져 있고, 길에도 풀이 자라 있다. 내가 좀 불안한 기색을 보였는지, 운전사가 여러 번 와본 곳이니 길을 잘 안다고 날 안심시킨다. 그러나 이와 같은 '말도 안 되는 골프장 입구'가 사실 내가 기대하는 네팔 골프장의 모습이다. 나는 번듯하고 상식적인 골프장을 찾아온 것이 아니다. 말이 안 되는 모습이 많을수록 네팔의 골프장다운 것이 되고, 나는 그런 네팔의 골프장을 만나러 온 것이다.

폐허를 건너 조금 가니 비로소 정돈된 공터가 보이고, 집다운 집이 보인다. 콘크리트로 지은 단층 건물 옆 공터에 택시가 멈춘다. 그 건물이 클럽하우스일 것이고, 건물 왼편으로 드라이빙 레인지가 넓게 펼쳐져 있다. 드라이빙 레인지는 제법 그럴듯하다. 그렇지만 골프 코스는 어디에 있는지 보이지도 않고, 가늠할 수도 없다. 택시가 경적

| 안나푸르나, 아이러니푸르나 |

을 울리자, 동네 꼬마들이 몇 명 뛰어온다. 그 가운데 가장 큰 아이 (나중에 보니 아이가 아니고 스무 살쯤 되는 청년인데, 캐디 노릇을 한다) 가 나를 사무실 앞으로 데리고 간다. 사무실에는 젊은이와 늙은이가 있는데, 젊은이는 직원이고 늙은이는 관리인 모양이다.

나는 150루피를 내고 볼보이를 쓰기로 하고, 또 한 개에 100루피 하는 중고 골프공을 5개 샀다. 엉터리 플라스틱 티 몇 개에 150루피 를 받는다. 그리고 골프화 대여료는 200루피인데, 나는 그냥 신고 간 샌들을 그대로 신고 골프를 치기로 했다. 그리고 라운딩을 하기 전에 레인지에서 연습을 좀 하자고 했더니 연습공 50개에 200루피 라고 한다. 뭔가 가격을 아무렇게나 부르는 느낌이 들었지만, 그대로 인정했다. 직원과 이야기가 끝나자 캐디는 창고 같은 곳으로 날 데려 간다. 거기에는 정말 버려도 아무도 가져가지 않을 것 같은 골프 클 럽이 몇 개 있다. 캐디는 스틸로 하겠느냐 그라파이트로 하겠느냐 묻 는다. 내가 한심해서 뭐라 답하기도 전에 그는 그라파이트가 좋다며 클럽 하나를 택한다. 너덜너덜한 간이 골프백에는 후진 클럽이 겨우 여섯 개 들었다. 그나마 이것으로 골프공을 날릴 수 있을까 걱정이 될 정도 고물이다. 말도 안 되는 골프 클럽이지만, 이게 내가 기대했 던 모습이기에 나는 점점 흥분되었다.

나는 캐디에게 골프 코스는 어디에 있느냐고 물었다. 캐디는 바 로 옆, 건물의 앞쪽으로 날 데려갔다. 조그만 잔디밭 끝에 서니 아, 거기에 그랜드캐니언 같은 계곡이 발아래로 펼쳐진다. 몇 십 미터 아래 푸른 강물이 제법 호기 있게 흐르고 그 양편으로 낮은 구릉과 평지가 펼쳐져 있다. 골프 코스는 거기에 조성되어 있는데, 거의 자연 상태를 그대로 살린 멋진 골프장이다. 겨울이라 잔디가 갈색이라서 더욱 자연 상태 그대로인 것 같다. 계곡 아래 골프장에는 사람들도 있고, 개도 있고, 소도 있다. 그러나 골프 치는 사람은 잘 보이지 않는다. 그냥 동네 사람들이 지나다니고, 동네 아이들이 와서 놀고, 동네 개와 소도 와서 어슬렁거리는 골프장이다. 왼쪽 하늘 위에는 마차푸차레 같은 히말라야 설산들이 구름 속에 희미하게 보인다. 나는 그냥 시골 동네이면서 동시에 멋진 골프장인 이곳의 장엄한 풍광에 감동한다.

　나는 우선 레인지에서 몸을 푼다. 내가 준비를 하자 똘똘해 보이는 꼬마 한 명은 쏜살같이 앞으로 달려 나간다. 볼보이가 앞쪽에 가서 볼을 기다리는 것이다. 캐디는 내 앞에서 공을 하나씩 놓아준다. 그리고 나머지 동네 꼬마 세 명과 나를 태우고 온 운전수는 내 뒤편의 잔디에 비스듬히 누워서 내가 연습하는 모습을 한심하다는 듯이 지켜본다. 피칭을 잡고 휘둘러보는데, 그립은 말할 것도 없고, 페이스의 요철도 닳아서 안 보일 정도다. 공은 엉뚱한 방향으로 날아간다. 거리도 형편없이 안 난다. 볼보이 꼬마는 오른쪽 왼쪽으로 뛰어다니며 볼을 수거한다. 나의 스윙이 답답한지 캐디는 머리를 들지 말고 팔로우를 충분히 하라고 주문한다. 자기가 스윙 시범을 보여주기까지 한다. 캐디는 새카만 맨발에 다 해진 조리 슬리퍼를 신고 있

| 안나푸르나, 아이러니푸르나 |

는데 거기에 비하면 내 등산용 샌들은 골프화 대용으로 전혀 손색이 없다.

연습을 마치고 드디어 출발이다. 점심은 생략하기로 한다. 이런 멋진 골프를 치면서 점심 정도는 충분히 희생할 수 있다. 대신 나는 목이 마를 것을 대비해서 맥주를 한 병 주문한다. 캐디는 계곡 아래는 더우니 물도 한 병 사자고 한다. 캐디는 맥주 한 병과 물 한 병을 가져와 골프백의 사이드주머니에 넣고 앞장을 선다. 그런데 계곡 아래로 가지 않고 드라이빙 레인지 옆으로 간다. 17번 홀과 18번 홀은 드라이빙 레인지의 필드를 공유하며 각각 왼쪽과 오른쪽에 구성되어 있다. 캐디는 17번 홀부터 시작하자고 한다.

17번 홀 티박스에서 캐디가 놓아주는 공을 드라이브로 치니 공이 슬라이스가 나서 오른쪽으로 간다. 거리는 100미터도 못 간 것 같다. 두 번째 샷은 6번으로 그린의 오른편에 보냈다. 두 번째 샷의 공이 떨어진 부근에 큰 나무가 있는데, 그 나무 아래에 동네 여인이 앉아서 쉬고 있다. 골퍼에게 중고 공이나 음료수 등을 파는 보따리 장사인가 했는데, 그것도 아닌 모양이다. 그린은 우리나라 골프장의 페어웨이보다 훨씬 거칠다. 잔디가 철사 같고, 땅도 울퉁불퉁하다. 퍼트를 하는 게 아니라 그냥 공놀이를 하는 것이다. 그래도 7타로 첫 번째 홀을 마무리한다. 다음 티박스로 이어지는 좁은 길에는 염소 두 마리가 어정거리고 있다 18번 홀의 그린은 클럽하우스 바로 곁에 있다.

18번 홀을 마치고 바로 곁에 있는 1번 홀 티박스에 서니 계곡 아래가 시야에 펼쳐진다. 1번 홀은 절벽 위에서 절벽 아래로 호쾌한 드라이버를 치도록 설계되어 있다. 캐디가 페어웨이를 가르쳐주는데, 저 아래 손바닥만 하게 보인다. 볼보이는 벌써 그 부근에 내려가 있다. 나의 드라이버 샷은 오른쪽으로 많이 휘어서 언덕의 덤불 쪽으로 간다. 캐디가 다시 공을 하나 놓아준다. 이번에는 페어웨이에 미치지 못한 러프 지역에 떨어진다. 드라이버를 친 후, 캐디와 나는 절벽으로 난 좁은 계단을 이용해 계곡 아래로 내려간다. 볼보이는 이미 첫 번째 친 공을 찾았고, 두 번째 친 공은 그래도 칠 만한 곳에 놓여 있다.

계곡 아래 그린에는 철조망이 둘러쳐져 있다. 퍼팅을 하려면 조그만 문을 열고 들어가야 한다. 캐디는 소들이 그린의 풀을 뜯어먹지 못하도록 하기 위해서라고 설명한다. 계곡 아래 코스들은 상당히 어렵다. 자연 상태를 거의 그대로 살렸기 때문에 특히 페어웨이에 공을 보내기가 어렵다. 페어웨이가 아주 궁색하고, 나머지는 잡풀과 돌과 구릉과 거칠게 경사진 땅이다. 공은 아무 곳으로나 날아갔고, 나는 그 공을 주워서 아무 곳에나 다시 놓고 다음 샷을 했다.

평평한 풀 위에 공이 있을 경우 그대로 두라고 일러도 캐디는 그 공을 다시 치기 좋은 곳에 옮겨놓는다. 풀뿌리가 너무 억세기 때문에 클럽이 엉킬 수 있으니 조심해야 한다고 말한다. 2번 홀은 140야드 내리막 파 3인데 캐디는 6번 아이언을 준다. 6번 아이언으로도 그린에 못 미친다. 내가 캐디에게 한국에서 7번 아이언으로 170야드보낸다고 큰소리치니, 캐디가 자기는 9번 아이언으로 190야드를 보낸다고 잘난체한다. 몇 홀을 지나자 캐디의 태도는 좀 조심성이 없어진다. 나의 스윙 폼을 꾸짖기도 하고, 자기 호주머니에서 공을 꺼내 자기도 한번 쳐보기도 한다. 나는 친구처럼 캐디의 그런 태도를 오히려 부추겨준다. 4번 홀의 티샷은 강을 건너 치게 되어 있다. 드라이버를 잘못 쳐서 공이 바위를 맞고 강에 빠진다. 볼보이는 강 건너 페어웨이에서 기다리고 있다. 캐디가 물가로 뛰어간다. 슬리퍼를 신었으므로 바로 물로 들어간다. 바위와 돌이 많고 깊지는 않지만 물살이 빠르다. 옷을 다 적셔가며 이리저리 물속의 공을 찾아보지만 찾지 못한다. 우리나라에서는 버려도 안 주워갈 공을 저렇게 열심히 찾는 모습이 우습지만, 내가 그 공을 하나에 100루피나 주고 샀으니 찾을 만도 하다고 생각한다.

우리는 다리를 건넌다. 구멍 난 철판으로 만들어진 다리는 동네 사람들이 다니는 동네 다리다. 다리를 건너니 페어웨이 한쪽에 희미하게 둥근 표시가 있다. 공이 물에 빠진 경우를 위한 헤저드 티인 셈이다. 파 5인 네 번째 홀의 그린은 물 가운데 있는 아일랜드 그린이다. 그린을 노린 나의 샷이 다시 그린 너머 물에 빠진다. 나는 조그만 나무다리를 건너서 그린 옆에 공을 놓고 친다. 홀아웃을 하고 나오니 그제야 볼보이가 머리까지 물에 흠뻑 젖은 채 공을 들고 나타난다. 내가 어프로치와 퍼팅을 하는 내내 볼보이는 물속에 들어가 머리까지 잠수해서 공을 찾아 나타난 것이다. 나는 볼보이를 보고 생큐, 베리 나이스를 반복하며 감탄의 칭찬을 했지만, 마음속으로 이건 너무 하다는 생각이 든다.

코스들은 상당히 변화무쌍하다. 5번 홀은 높은 언덕 위에 그린이 있다. 6번 홀 그린에는, 열린 문으로 소들이 들어와 풀을 뜯고 있었는데, 캐디가 쫓아낸다. 소들이 풀을 뜯은 자리에 소 이빨 자국이 규칙적으로 나 있다. 동네 꼬마 두엇이 다가와서 나에게 주운 골프 공을 사라고 한다. 이들에게 사면 하나에 10루피면 살 것 같다. 내가 관심을 보이지 않자, 꼬마들은 자기들끼리 장난을 치며 딴 곳으로 간다. 6번 홀에서 유일하게 파를 했다. 캐디와 볼보이가 환성을 지른다.

날씨가 무덥다. 7번 홀을 마치고 좀 쉬기로 했다. 그늘집으로 지어 놓은 곳이 있지만, 버려져 있어 쉴 곳이 못 된다. 옹색한 나무 그늘이 있는 가장자리에서 가져온 맥주를 마셨다. 병따개도 없고, 컵도 없다. 맥주는 이미 시원하지 않다. 혼자만 맥주를 마시며 쉬기가 미안했는데, 다행히 호주머니 안에 사탕 두 개가 있어서 캐디와 볼보이에게 주었더니 좋아한다. 맥주를 병째 두어 모금 마셨는데 따로 넣어둘 데가 없다. 그래서 건달 주정뱅이처럼 병을 손에 들고 다니며 한 모금씩 마시곤 했다.

8번 홀은 파 3인데, 언덕 아래 러프를 건너서 그린이 있다. 내가 볼을 친 후에, 볼보이가 내 눈치를 보더니 자기도 주머니에서 공을 하나 꺼내서 쳐본다. 잘 가지 못했다. 캐디가 뭐라고 편잔을 주더니 자기도 역시 한번 쳐본다. 캐디 공도 잘 가지는 못했다. 내가 편하게 대해주니 그들도 장난기가 발동한 것 같다. 그게 내 편에서도 좋다. 그린으로 올라가서 내가 언덕 라인을 잘 읽고 휘어진 퍼팅을 해서 홀컵 가까이 붙였더니, 볼보이가 "굿 라인!" 하며 고개를 끄떡이기도 한다. 귀여운 아이다.

코스는 강 건너편으로, 언덕 위로, 언덕 아래로 다채롭게 펼쳐진다. 페어웨이를 공유하는 홀이 여럿인 것 같다. 16번 홀은 2번 홀과 그린을 공유한다. 16번 파 3 홀을 마지막으로 라운딩이 끝난다. 후반에는 그래도 샷 감각이 조금 살아났는데, 아쉽다. 공은 한 개밖에 잃어버리지 않았다. 실제로는 네 개를 잃어버린 셈인데, 볼보이가 기막힌 솜씨로 세 개를 찾아 왔다. 볼보이는 일곱 살쯤 되어 보이는데 나이를 물어보니 열두 살이라고 한다. 똑똑해 보인다. 이런 소년에게 골프를 잘 가르쳐 선수로 만들어줄 수 있는 사회적 환경에 대해서 상상해보고, 또 서울의 강남에서 프로 골퍼를 꿈꾸며 비싼 골프학원에서 연습하는 한국 아이들도 생각해보게 된다.

다시 좁은 절벽 계단을 올라 클럽하우스에 왔다. 시간은 벌써 오후 4시가 다 되어간다. 캐디가 스코어 카드를 준다. 파 70인데 40타 오버를 친 것으로 적혔다. 여기는 양파라는 것이 없고, 철저하게 치는 대로 적는 모양이다. 어떤 파 4 홀엔 11타를 쳤다. 어떤 홀의 그린에서 장난으로 퍼팅한 것도 다 기록되어 있다. 그렇게 엉터리 클럽으로, 그렇게 황당한 코스에서, 그렇게 장난으로 타수는 전혀 상관없이

친 것에 비하면 그래도 110타 친 것이 신기하다. 나는 스코어 카드를 기념으로 보관했다.

팁을 조금 주려고 지갑을 여니, 지갑이 텅 비었다. 20달러짜리 한 장과 1달러짜리 두 장뿐이고, 루피는 전혀 없다. 나는 좀 미안했지만, 캐디와 볼보이에게 각각 남은 볼 2개씩과 1불씩을 주었다. 캐디는 매우 불만스러운 표정을 노골적으로 짓는다. 골프공을 200루피로 치면 그래도 팁이 4달러 정도는 되는데 캐디의 태도는 지나치게 불손해 보인다. 캐디피가 그린피에 포함되었다고는 하지만 실제로는 캐디가 받는 돈이 없는지도 모른다. 대기하고 있던 택시를 다시 타고 돌아오는 길에 운전수에게 왜 캐디가 언짢아했는지 물어보았다. 운전사는, 그 공을 내가 사면 100루피이지만 그들에게 그 공은 전혀 돈이 되지 않기 때문일 것이라고 답한다. 그렇기도 할 것 같아 마음이 편치 못하다.

택시는 다시 온 길을 그대로 되짚어 레이크 팰리스 호텔로 날 데려다준다. 아무것도 먹지 않았지만 별로 배고픈 줄 모르겠다. 정말 멋진 골프 체험이었다. 앞으로 이런 골프 체험은 영원히 하기 어려울 것이다. 나는 혼자서 동네 사람들과 소들과 개들이 쳐다보는 가운데서, 또 히말라야 설산이 구름 위에서 내려다보는 곳에서, 이 세상에서 가장 특별한 골프 클럽과 캐디와 볼보이를 동반해서 골프를 쳤다. 도대체 누가 언제 여기 와서 골프를 치는 것일까? 토요일인데도 내가 골프를 치는 동안 다른 골퍼는 전혀 보이지 않았다. 외국인들이

| 안나푸르나, 아이러니푸르나 |

여기로 골프 치러 올 것 같지는 않다. 네팔에서 골프를 즐기는 사람은 어떤 사람들일까? 네팔 골프장의 멋진 풍광과 말도 안 되는 모습들은 나의 기대 이상이었다. 홈데 비행장도 그렇고, 히말라야 골프장도 그렇고, 나는 왜 '가난한 나라의 비싼 문명'이라는 말도 안 되는 모습에 이렇게 흥미진진해하는가? 조금 잘사는 나라에서 온 자의 오만한 호기심인가?

호텔에 도착하니, 일행들이 이미 도착해서 일부는 거리 산책을 나갔고 일부는 방에서 휴식을 취하고 있다. 나도 샤워를 하고 쉬었다.

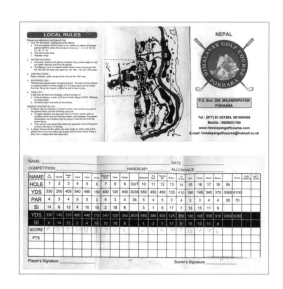

15

다시 일행과 일정 속으로

1월 27일 야크 카르카에서 일행과 헤어진 후 1월 30일 오후까지 4일 간 상주와 나는 유쾌한 자유를 느끼며 일행과는 전혀 다른 시간을 만 들었다. 1월 30일 저녁 우리는 다시 일행의 시간 속으로 합류했다. 합류하는 순간부터 거의 모든 면에서 다시 불편함이 느껴진다. 정해 진 일정에 따라 일행이 다함께 움직여야 하는 불편함보다는 여행사 가 준비한 일정이 주는 불편함이 더 크다. 바라히 호텔에 비해 레이 크 팰리스 호텔은 시골 여인숙 수준이다. 저녁식사는 난화반점이라 는 중국 음식점에서 먹었는데, 왜 포카라의 좋은 식당 다 두고 그런 이상한 식당에서 저녁을 먹어야 하는지 답답하다. 포카라에 괜찮은 호텔과 식당이 있다는 사실을 몰랐더라면 불편은 느껴도 불만은 느 끼지 않았을지 모른다. 비용의 차이가 별로 나지 않는데도 여행사

| 안나푸르나, 아이러니푸르나 |

가 우리 일행을 삼류 취급 한다는 느낌이 든다. 이 느낌이 트래킹 내내 나를 불쾌하게 만든다. 우리 트래킹 전체를 맡은 UP여행사는 잘 아는 사람이 소개했기 때문에 전적으로 신뢰했다. 그러나 믿는 도끼에 발등 찍힌다는 세상의 흔한 아이러니는 여기서도 통했다.

트래킹 일정이 무사히 잘 끝난 것을 자축하며, 원스 어펀 어 타임 Once upon a time이라는 레스토랑에서 술을 한잔하고 밤 11시쯤 숙소로 돌아왔다. 숙소는 바깥문과 현관문 모두 잠겨 있었다. 바깥문은 도둑처럼 열었고, 현관문은 두드려서 열게 만들었다. 호텔 주인은 숙박업소를 참 편하게 운영하는 사람이다. 술을 조금 마셨더니 밤에 목이 말랐다. 그러나 마실 물을 구할 데가 없다. 미리 마실 물을 준비해두지 않은 나의 실수다. 네팔에서 마실 물은 비록 호텔에서라도 미리미리 스스로 준비해두어야 한다.

1월 31일 포카라에서 비행기를 타고 카트만두로 돌아가는 날이다. 포카라의 날씨는 쾌적하다. 10시 30분 비행기이기 때문에 9시 30분경에 공항에 도착했다. 공항에 사람이 꽤 많다. 그러나 시간이 좀 지나자 다른 승객들은 거의 사라지고, 몇 사람만이 우리 일행과 함께 탑승 대기실에 남았다. 11시가 되어도 우리가 탈 비행기는 오지 않는다. 비행기가 많이 늦어질 것 같다. 안내방송도 없다. 하지만 우리는 '늦어짐'에 대해 어느 정도 익숙해져 있다. 로지에서 음식을 주문하면 보통 한 시간은 지난 후에야 음식이 나온다. 안나푸르나 어라운드 트래킹 코스에는 차가 없다. 차가 없는 곳과 '느린 시간'은 잘 어울린다. 그것은 오래된 향수鄕愁같은 것을 느끼게 한다. 그것은 또 티베트나 네팔이라는 지명에서 우리가 낭만적으로 연상하는 것이기도 하다.

나는 언제 올지 모르는 비행기를 기다리며 내가 걸었던 그 길들을 다시 머릿속에 떠올려본다. 그래도 트래킹을 하면서 그런대로 아름다운 풍광을 지닌 괜찮은 길은 티망Timang에서부터 피상 사이, 즉 침엽수림이 가까이 있던 지역이었던 것 같다.

▲ 1월 22일 트래킹 3일차
다라파니 1860미터 ~ 다나규 2300미터 ~ 티망 2630미터 ~ 차메 2670미터

다라파니를 출발하니 오른편에 계곡을 두고 신작로처럼 넓게 난 길이 이어진다. 건조해서 코와 입이 바싹 마르는 느낌이다. 풍경은 어제와 마찬가지로 별 특색이 없다. 신작로처럼 생긴 길을 한 시간 정도 가니 바가르찹Bagarchhap이라는 마을이 나온다. 여기서부터는 티베트의 문화가 뚜렷하다. 마을의 오래된 집들은 돌과 흙으로 지어졌고 지붕이 평면이다. 마치 짓다 만 움막 같다. 이런 스타일이 티베트의 전통가옥이라고 한다. 마을 입구에서 마니둥코나 마니벽 또는 초르텐을 자주 만날 수 있다. 나는 마을

｜ 안나푸르나, 아이러니푸르나 ｜

을 지날 때마다 티베트불교 신자들처럼 마니 바퀴를 돌리며 옴 마니반메훔을 외었다. 탈을 기점으로 그 아래는 람중 지역이고 그 위로는 마낭 지역이다. 마낭 지역은 티베트불교의 강력한 영향 아래 있다.

조그만 마을과 마을을 잇는 산골길을 다시 한 시간쯤 가니 다나규Danagyu라는 마을이 나타난다. 별 특색 없는 마을이지만 입구에는 탑처럼 돌들을 쌓아 만든 초르텐을 정성스레 세워두었다. 아침 햇살이 산협 깊숙이 퍼지기 시작한다. 돌들이 많은 지형이다. 다나규를 지나자마자 계곡을 건너 가파른 오르막이 시작된다. 산에는 침엽수림이 보이기 시작한다. 푸른 숲이 나타나니 길의 분위기도 달라진다. 오르막길은 거친 돌과 먼지의 길인데, 특히 노새 무리가 지나갈 때면 먼지가 지독하다. 그래도 푸른 숲이 가까이 있으니 심리적으로 안정감이 높아진다. 가파른 경사 길을 최대한 느리게 올라간다. 가파른 경사 길을 아주 느리게 쉬지 않고 올라가본 사람은 안다. 거북이의 걸음이 결코 그렇게 늦지 않다는 사실을. 그리고 가파른 길은 그동안 보이지 않던 먼 설산의 풍경을 보이게 한다.

이 언덕길에서부터 비로소 히말라야의 설산이 조금씩 보이기 시작한다. 람중 히말과 안나푸르나 2봉이 높고 푸른 산 너머로 멀리 보이기도 한다. 오르막이 거의 끝날 즈음, 길은 침엽수림의 가운데로 이어진다. 길가에 누군가가 마련해둔 짐꾼들의 쉼터인 챠테우리에서 포터들은 쉬어 가기도 한다. 길가에 돌을 쌓아 만든 라우레리도 눈에 띈다. 나도 돌을 하나 주워 라우레리에 놓는다. 아마도 트래킹 3일 만에 숲다운 숲은 처음 만나는 것 같다.

| 안나푸르나, 아이러니푸르나 |

그러나 아름다운 숲길은 오래 이어지지 못한다.

산 중턱의 완만한 언덕에 집이 서너 채 있다. 집 주위에 나무들이 많아서 온화해 보인다. 대개 삭막한 느낌을 주는 다른 마을들과 다르다. 나무들이 공간에 어떤 느낌을 주는지 다시 한 번 실감한다. 티망이라는 마을의 초입이다. 로지로 짐작되는 집들을 몇 채 짓고 있는 중이다. 큰 침엽수림이 집 가까이 있으니 북미

대륙의 시골 같다.

티망의 한 로지에서 점심을 먹기로 한다. 오늘 점심은 현지식이다. 국수, 카레, 달밧, 볶음밥 등을 주문한다. 식사가 나오기까지 약 한 시간 삼십 분 동안 일행들은 충분히 휴식을 취한다. 로지 마당에 햇볕이 좋지만, 바람이 차다. 식당 안은 더 춥다. 티망역시 아주 작은 마을이다. 로지에서 설산의 모습이 좀 더 잘 보인다. 설산의 모습에는 언제 보아도 카리스마가 있다.

우리가 식사 나오기를 기다리고 있는 식당에 또 한 사람의 손님이 들어온다. 한국 사람이다. 혼자서 포터를 데리고 트래킹을한다. 이야기를 나누어보니 한 다리 건너서 알 만한 사람이다. 백두대간도 두 차례 하였고, 네팔 트래킹도 이번이 세 번째라고 한다. 경험이 많은 사람이라 혼자 할 수 있겠지만, 아무래도 어려움이 많을 것이다. 우리처럼 무리를 지어 여행사를 통해서 트래킹을 하는 것이 아니라 모든 준비를 혼자서 하고 혼자서 움직이는모습이 부러워 보인다. 우리보다 조금 더 트래킹다운 트래킹을하는 것처럼 보인다. 혼자서 하는 보름간의 트래킹에는 좀 더 폼나는 아우라가 있다.

티망에서 차메Chame까지의 산길은 그런대로 걸을 만하다. 비교적 넓은 계곡 사이로 걷는데, 침엽수들이 많다. 돌담들도 있고 밭들도 있다. 조그만 마을 두 개를 지나고, 느린 발걸음으로 차메에 도착하니 5시 30분이다. 좀 춥다. 차메는 마낭 지역의 수도라 경찰서도 있고 우체국도 있고 은행도 있다고 해서 큰 마을인줄 알았는데, 역시 보잘것없는 협곡의 조그만 마을이다. 마을의분위기는 생기가 없고 을씨년스럽다. 마나슬루 뷰Manaslu View

호텔에 포터들이 먼저 도착해서 기다리고 있다. 오늘이 마지막
으로 목욕을 할 수 있는 날이니, 목욕 가능성을 최우선하여 로지
를 정했다. 1층에는 사무실과 주방과 샤워실과 PC실이 있고, 2층
에는 객실과 식당이 있다. 식당에는 나무를 때는 난로가 있다. 이
렇게 말하면 그럴듯하지만, 실은 어수선하고 구접스럽다. 전기는

들어오지 않는다. 소형 수력발전기들이 있어 마을마다 미약한 전기를 보내기는 한다지만, 겨울이라 물이 얼었고 또 고장이 나서 모든 마을에 전기가 없는 것이나 마찬가지다. 있다 해도 낮에 태양열을 통해 얻은 전기로 식당의 희미한 전등을 두어 시간 밝히는 게 고작이다. 그래도 일행들은 식당에 난로가 있다는 사실만으로도 안도감을 느끼고 기꺼워한다.

샤워를 할 수 있다지만 정말 겨우 할 수 있을 뿐이다. 칸막이로 나눈 공간 안에는 수도꼭지가 하나뿐인데, 거기로 나무 난로에서 데운 물이 감질나게 나온다. 추위에 떨며 간신히 머리와 몸에 물칠만 하는 샤워다. 그나마 한 사람이 하고 나면 더운 물이 부족해 한참 기다려 다음 사람이 해야 한다. 그 정도의 샤워라도 하고 식당의 난로 곁에 앉으니 한결 기분이 좋아진다. 이제 토롱라 패스를 넘을 때까지 약 대엿새 동안 머리를 감을 수 없다. 로지 사정도 그러려니와 고산병 예방을 위해서도 그렇다.

로지 간판에 사이버카페도 있다고 크게 홍보하고 있는 것처럼 PC실이 있고 거기에 세 개의 모니터가 있긴 한데, 전기도 없는 곳에 인터넷이 어떻게 가능할까 신뢰감이 안 간다. 트래킹을 하다 보면 마을마다 위성전화와 인터넷 가능 시설이 있다고 선전하고 있는 로지들이 많다. 젊은 배낭족들이 여행하는 곳에는 아무리 오지라도 인터넷카페가 있어 이메일로 외부세계와 연락이 가능하다고들 하는데, 이곳 역시 그런 모양이다. 그러나 지금은 오프시즌이라 그런지 위성전화도, 인터넷도 먼 나라의 전설처럼 들린다. 이런 곳에는 인터넷도 전화도 없고, 모스부호를 이용한 전보만 가능해야 어울릴 것 같다.

로지에 손님은 우리뿐이어서 식당의 난롯가가 우리들 차지다. 저녁을 먹고 한참 동안 난롯가에서 난로가 주는 따뜻함을 누린다. 오랜만의 따뜻함이다. 오늘은 그래도 푸른 숲이 있는 길을 걸어서 기분이 좋다.

▲▲ 1월 23일 트래킹 4일차
차메 2870미터 ~ 브라탕 2850미터 ~ 두쿠레 포카리 3060미터
~ 파상 3200미터

아침 7시 출발 예정이었으나 7시 40분에 출발한다. 마을 골목을 지나며 어제 보지 못한 차메의 거리를 구경한다. 가이드가 은행이라고 알려주는데, 보통 집과 별다를 바가 없고, 문은 굳게 닫혀 있으며, 은행에는 '네팔은행 차메 지점'이라는 간판이 붙어 있다. 경찰서는 조금 더 관공서답다. 담이 있고, 담 위에는 철조망도 있다. 간판에는 '마낭 지구 경찰서'라고 적혀 있다. 마을 곳곳에 장작을 넉넉하게 마련해둔 집들이 많다. 마을이 끝나는 곳에 '옴마니반메훔'이라고 색색으로 적힌 돌들을 쌓아둔 마니가 인상적이다. 큰 자갈돌에 글자를 페인트로 칠해서 쌓아두었다.

　마을을 벗어나니 길은 침엽수가 많은 깊은 산협으로 나 있다.
길옆의 개울은 물살이 거칠다. 집들을 자주 만나고, 길가의 돌담
도 자주 만나고, 밭이나 숲도 자주 만난다. 그리고 점점 자주 안
나푸르나 설산들이 바라보이기 시작한다. 길도 좋고 경치도 좋
다. 침엽수림과 계곡과 설산이 어우러진 멋진 풍광을 제공하는
트래킹 길이다. 지금까지 이런 길이 별로 없었다. 그러나 다시 생
각해보면, 이 정도의 풍광을 가진 길을 걷는 일은 국내외를 막론
하고 별로 어려운 일이 아니다. 안나푸르나 어라운드 트래킹에
서 내가 기대한 것은 무엇이었던가? 세속의 끝 동네라면 그것은
이미 아니고, 심각한 고행이라면 그것도 아니고, 설산의 신비한
공간이라 해도 그것도 아직은 아니다. 그냥 높은 곳으로 가보는
것일까, 아니면 그냥 차가 없는 산골길을 한 열흘 걸어보는 것일
까? 갑자기 내가 왜 안나푸르나까지 와서 이 고생을 하는지 알
수가 없다. 먼지 나는 길에서는 들지 않았던 회의가 경치 좋은 길
에 와서 문득 들다니 아이러니하다.
　출발한 지 약 세 시간쯤 되니, 침엽수들이 줄어들고 산은 좀 더
거친 모습을 드러낸다. 길은 거친 절벽의 허리에 걸렸다. 그러나
곧 침엽수와 돌담에 둘러싸인 사과밭이 아름다운 길로 바뀐다.
사과밭은 길 양쪽으로 돌담을 쌓고 그 너머에 좁은 산협을 따라

길게 형성되어 있다. 다시 조그만 마을을 만난다. 브라탕Bhratang
이다. 한 찻집에 들어가 휴식을 취하고 차를 마신다. 주인 남자는
목수인 듯 나무로 뭔가를 만들고 있다.

　차 한 잔의 휴식을 마치고 다시 길을 간다. 길은 역시 침엽수
림에 둘러싸여 분위기가 좋다. 한참 가니 저 앞에 거대한 바위산
이 보인다. 거대한 칼로 도려낸 듯, 거대한 부채를 편 듯 사면이
드러나 있다. 스와르가드와리 단다라 불리는 저 거대한 사면은
가까이 갈수록 사람을 압도한다. 지나온 길을 뒤돌아보면 안나푸
르나 설산 봉우리들이 남쪽 하늘을 장악하고 있다. 길의 풍경은
드라마틱하게 변한다. 절벽 아래의 길도 지나고 다시 푸른 침엽
수림 속의 길도 지나고 다시 돌무더기의 신작로 같은 길을 지나
서 오후 1시경에 두쿠레 포카리Dhukure Pokhari에 도착한다. 마
을은 사람이 살지 않는 듯 텅 비어 있다. 두쿠레 포카리에서는 아
들론Adlon 호텔에서 점심식사를 했다.

　　　　　　　　　| 안나푸르나, 아이러니푸르나 |

날씨는 좋은 편이지만, 로지 마당의 나무 테이블에 앉아 있으니 바람이 차다. 곧 추워진다. 식당 안도 써늘하다. 난로가 있지만 장작을 보니 불 피운 지 오래된 것 같다. 밖에 불쏘시개가 될 만한 장작들이 바구니에 담겨 있다. 그것과 장작을 가져와 난로에 불을 지피고, 불을 쬐며 점심식사가 나오기를 기다렸다. 주변

에 침엽수가 많으므로 땔감 걱정은 별로 없을 듯하다.

점심을 먹고 나니 찬바람이 세어지고 더욱 춥다. 비교적 넓게 펼쳐진 계곡 가운데로 평탄한 길이 나 있다. 오른쪽 아래에 있는 조그만 호수는 언저리가 얼어 있다. 두쿠레 포카리에서 피상까지는 신작로 같은 길이다. 오후 4시쯤 로 피상Low Pisang에 도착해서 우체Utse 호텔로 숙소를 정했다.

날씨 탓인지 로 피상은 정감이 없는 삭막한 마을 같다. 그러나 거친 모습의 언덕 저 위에 보이는 어퍼 피상Upper Pisang은 마치 카타콤이나 유령의 마을처럼 보인다. 티베트 전통 양식의 평평한 지붕에 돌과 흙으로 지은 집들이 아주 음산한 느낌을 준다. 원래 마을은 어퍼 피상인데 트래커들의 숙박을 위해 로 피상이 새로 만들어졌다고 한다. 그 바로 위에 흰색의 건물이 있는데, 그게 타캉 고트Tarkang Goth이다. 제법 유명한 곰파라고 한다.

우체 호텔에는 주방과 식당이 3층에 있다. 식당에는 난로가
있고, 주방은 약 열 살가량 되어 보이는 여리고 예쁜 소녀가 지키
고 있다. 이 소녀는 강아지를 안고, 불도 때고, 음식도 만들고, 손
님들 심부름도 하고, 식당을 정리하기도 한다. 입성은 거지와 같
고, 손과 발에는 콜타르를 칠한 것처럼 때가 앉았지만, 상냥한 태
도와 예쁜 얼굴을 가졌다. 네팔인들은 대체로 잘생겼다. 저 소녀
야말로 정말, 재투성이 소녀인 신데렐라답다. 누군가가 나타나
서 예쁘게 치장해주면 눈부신 공주가 될 것 같다. 나는 팬시 시계
를 차고, MP3 플레이어를 귀에 꽂고, 자정이 다 되어서 학원 버
스를 타고 집으로 가는 한국의 여중생을 재투성이 소녀와 비교
해본다. 재투성이 소녀도, 한국의 여중생도 모두 안쓰럽기만 하
다. 두 경우 모두 그들이 가진 아름다움과 순진함이 잘못된 환경
에 의해 훼손되는 생활을 하고 있는 것 같다.

3층 식당은 북동쪽과 남서쪽으로 좋은 전망을 가졌다. 북동쪽
으로는 6091미터인 피상 피크가 솟아 있고, 남서쪽으로는 멀리
안나푸르나 연봉들이 몇 개 보인다. 그리고 남쪽으로는 깎아낸 듯

한 거대한 사면을 지닌 바위산이 머리에 눈을 조금 이고 독특한
위용을 자랑한다. 낮에 그 아래를 지나오며 감탄했던 스와르가드
와리 단다이다. 계곡으로부터 1500미터 이상 솟아오른 바위 사면
인데, 이곳 사람들은 죽은 사람의 영혼이 저 사면을 통해서 하늘
에 간다고 믿는다. 그래서 '하늘의 문' 또는 '죽은 자의 문'이란 뜻

| 안나푸르나, 아이러니푸르나 |

인 '스와르가드와리'로 불린다. 단조로움이 엄청난 크기를 가질 때 어떤 위엄을 보여주는지를 잘 알려주는 신비한 산이다. 밤이 되어도 밝은 달빛이 설산에 푸르게 반사되어 멋진 스카이라인의 풍경이 잠들지 않는다. 이제 제법 많이 올라온 것 같다.

불과 일주일 정도 전에 내가 걸었던 길들의 풍경도 잘 기억이 나지 않는다. 마을 이름도 잘 모르겠고, 길의 모습도 시간의 문맥을 떠나 단편적인 몇 개의 이미지로 떠오를 뿐이다. 나중에 사진을 보면 시간의 문맥이 다시 살아날까?

우리가 탈 비행기는 두 시간 넘게 출발이 지연되었다. 마침내 비행기가 왔고, 우리는 탑승할 수 있었다. 비행기 크기는 며칠 전 훔데에서 탔던 것과 비슷하다. 그리고 마찬가지로 쌍발기다. 그러나 그처럼 노후한 비행기는 아니다. 스튜어디스의 서비스도 좀 다르다. 이번에는 비행이 안정권에 접어들자 투피스 유니폼을 입은 스튜디스가 포장된 땅콩 봉지와 콜라를 승객들에게 나누어준다. 비행기가 조금 더 비행기다운 모습인 것이 오히려 실망스럽다. 왼쪽 창으로 히말라야 설산들이 보이지만 이제 그 풍경들도 조금 진부해졌다. 그것은 달력 사진 속의 풍경처럼 멋있기는 하지만 강한 느낌을 주지는 않는다. 풍경의 신선함은 의외로 빨리 사라진다. 이륙 후 약 삼십 분 만에 비행기는 카트만두 비행장에 도착했고, 우리는 13일 만에 다시 카트만두로 돌아왔다. 내일은 귀국하는 비행기를 탈 것이다.

두 권의 책과 한 편의 시

안나푸르나 어라운드 트래킹을 마치고 서울로 돌아왔다. 서울로 돌아오니 역시 보란 듯이 속상하는 일들이 기다리고 있다. 이전에 다른 여행에서 돌아왔을 때는 진부하고 피곤한 현실로의 복귀가 조금 부담스러웠는데, 이번 여행에서 돌아오니 '그렇게 되지 말아야 할 일들'이 자꾸 생기는 현실로의 복귀가 걱정이 된다. 대개의 경우, 여행을 떠날 때의 현실과 돌아왔을 때의 현실은 달라지는 게 없는 것 같다.

서울에 돌아오니 만나는 사람들이 네팔에 잘 다녀왔느냐고 인사말을 건넨다. 물론 나는 잘 갔다 왔다고 대답을 했지만, 정말 내가 안나푸르나 트래킹을 잘 갔다 왔는지 어떤지 잘 모르겠다. 안나푸르나 어라운드 트래킹의 절정인 토롱 라 패스를 넘는 마지막 이틀

간의 일정을 포기했다는 점이나 8일간의 트래킹에서 별다른 매력을 느끼지 못했다는 점에서는 실패한 여행인 것 같다. 그러나 트래킹 체험도 충분히 하고 게다가 4일간의 독자적인 포카라 체험까지 해서 생각거리와 기억거리가 많은 여행이 되었다는 점에서는 성공일 것이다.

안나푸르나로 떠나기 전, 한 친구에게 '네팔에 가서 한 열흘 열심히 걷고 오겠다'고 메일을 보낸 적이 있다. 메일을 보내고 나는 왠지 기분이 좋았다. '한 열흘 열심히 걷고 오겠다'는 말 속에는 나도 잘 모르는 내 마음이 들어 있는 듯했다. 아무 생각 없이 힘들게 걷는 것 속에서 나는 무엇인가를 기대했던 것 같다. 나는 '그렇게 되지 말아야 할 일들이 자꾸 생기는 현실'이 준 상처를 조금 다스리고 그 현실에 대처할 수 있는 힘을 막막한 걷기 속에서 얻을 수 있다고 생각한 것일까?

어떤 에스키모 부족은 화가 나면 이글루를 나와서 일직선으로 빙판 위를 걸어간다고 한다. 한참 걷다가 어느 정도 화가 풀리면 그곳에서 다시 되돌아온다고 한다. 화가 많이 날수록 많이 걷고 오는 셈이다. 나는 안나푸르나에 가서 아주 멀리 걷고 오고 싶었다. 또 에르조그라는 사람의 이야기도 있다. (안나푸르나를 최초 등정한 이는 프랑스인 모리스 에르조그이고, 이 사람은 웨르머 에르조그Wermer Herzog이다.) 에르조그는 여자 친구가 위독한 병에 걸려 병원에 입원했다는 전갈을 받고 삼 주 동안 걸어서 파리에 있는 병원까지 갔다. 추위 속에서 삼 주 동안 걸으면서 그는 여자 친구의 병과 싸우고, 자신의 슬픔과 싸우고, 시간과 싸웠다. 에르조그는 이 경험을 『빙판 위에서Sur le chemin des glaces』(아셰트 출판사, 1976년)라는 책으로 펴냈다. 정말 걷기가 화와 슬픔을 다스리는 데 도움이 되는 것일까?

에르조그의 이야기는 다비드 르 브르통의 『걷기예찬』(김화영 역, 현대문학, 2002년)에 소개되어 있다. 나는 안나푸르나 트래킹에서 돌아와, 내가 트래킹을 통해 얻고자 했던 것이 무엇이었는지를 다시 생각해본다. 『걷기예찬』이란 책은 내 생각의 지팡이가 되어준다.

66걷는다는 것은 세계를 온전하게 경험한다는 것이다. (…) 걷기는 어떤 정신상태, 세계 앞에서의 행복한 겸손, 현대의 기술과 이동 수단들에 대한 무관심, 사물에 대한 상대성의 감각을 전제로 한다. 그것은 근본적인 것에 대한 관심, 서두르지 않고 시간을 즐기는 센스를 새롭게 해준다**99**

나는 우선 느리게 걸으면서 안나푸르나의 자연을 온전하게 경험하고 싶었다. 나는 예상했던 것만큼 안나푸르나에 가까이 가지는 못했지만 그래도 8일 동안 천천히 걸으면서 안나푸르나를 어느 정도 만날 수 있었다.

66순례자란 무엇보다 먼저 발로 걷는 사람, 나그네를 뜻한다. 그는 여러 주일, 여러 달 동안 제집을 떠나 자기 버림과 스스로에게 자발적으로 부과한 시련을 통해서 속죄하고 어떤 장소의 위력에 접근함으로써 거듭나고자 한다. 이러한 순례는 신에 대한 항구적인 몸바침이며 육체를 통하여 드리는 기나긴 기도다**"**

나의 트래킹에 속죄나 신에 대한 몸바침 같은 거창한 의미는 없었지만 그래도 자발적으로 부과한 시련과 어떤 장소의 위력에 접근함을 통해서 나름대로 내면적인 충족감을 얻고자 했던 것 같다. 이 점에서 나의 트래킹은 아무런 소득이 없었다고 말할 수 있다.

"걷는다는 것은 지극히 본질적인 것에만 이 세계를 사용한다는 것을 뜻한다. (…) 걷는다는 것은 헐벗음의 훈련이다 **"**

'본질적인 것에만 이 세계를 사용한다' 는 말의 우아한 의미가 좋다. 걷기에는 이런 의미가 분명히 있다. 나의 트래킹에도 있었다. 그러나 많은 짐을 가져간 나의 트래킹에서 헐벗음은 이미 사이비 헐벗음이었다. 나는 추위와 불결함 등으로 헐벗음의 시련을 겪었다. 그 시련은 나의 내면에 긍정적 무늬를 남기지 못하고 다만 소득 없는 짜증과 괴로움에 불과했다.

"티베트 사람들에게 있어서 길에서 만나는 장애들(추위, 눈, 서리, 비, 넘기 어려운 고개 등)이 순례자의 평온한 마음을 떠보려는 악마의 시험이라고 한다면 여행자의 길 위에 가로놓인 시련들은 아직 그로서는 알 수 없는 사물의 핵심을 향한 내면적 행로의 이정표라고 생각해야 할 것 같다**"**

나는 길에서 만난 장애들, 가령 먼지 나는 길이나 불결한 로지나 추위 등등을 부처님이 가르침을 주시는 한 방편이라고 생각했지만 나의 그릇은 그 가르침을 받지 못했다. 그것들은 나를 옹졸하게 만드는 내면적 행로의 이정표인 것 같았다.

"지칠 대로 지친 몸으로 걸어갈 때 그 쇠약함 속에는 가끔 출발할 때 느꼈던 고통을 스르르 녹일 정도의 힘과 아름다움이 감추어져 있는 경우가 있다. 길에 부대껴 말갛게 씻겨지고 앞으로 나아가야 한다는 필요 때문에 침식당한 나머지 고통은 그 날카로움이 무뎌진 것이다. 시간이 흘러가면서 발걸음을 앞으로 밀어내는 것은 그 무시무시한 괴로움의 씨앗이 아니라 자기 변신 자기 버림의 요구, 다시 세상으로 나아가 길과 몸을 한 덩어리로 만드는 연금술을 발견해야 한다는 요청이다. 여기서 인간과 길은 행복하고도 까다로운 혼례를 올리며 하나가 된다**"**

트래킹을 하면서 힘들었던 것은 사실 걷기가 아니었다. 걷기 때문에 지친 적은 없다. 걷기에 지쳤더라면 내면적으로 소득이 있었을 것이다. 나의 괴로움은 먼지와 돌멩이투성이의 길과 불결한 로지와 추위였다. 그래서 나는 길과 행복하고도 까다로운 혼례를 올리지 못했다.

ㅣ안나푸르나, 아이러니푸르나ㅣ

“걷기는 삶의 불안과 고뇌를 치료하는 약이다**”**

　나에게는 늘 이 약이 필요한 편이다. 그래서 나는 등산을 자주 간다. 술도 자주 마시는 편이다. 테니스 같은 운동도 그런 약효가 좀 있다. 나는 이번 트래킹이 일상에서는 구할 수 없는 강한 약이 되기를 바랐던 것 같다. 서울로 다시 돌아오니 그 약이 전혀 약효가 없음을 알겠다.

“인간은 흔히 자아의 변두리에 내던져졌다가 중력중심을 회복하기 위하여 걷는다. 한 발 한 발 거쳐 가는 길은 절망과 권태를 불러일으키는 미로이기 쉽지만 지극히 내면적인 그 출구는 흔히 자신에게 유리한 쪽으로 시련을 극복했다는 느낌 혹은 희열과 재회하는 순간이다. 수많은 발걸음들에 점철되어 있는 고통은 세계와의 느린 화해로 가는 과정이다. 걷는 사람은 낭패감 속에서도 자신의 삶과 계속 한 몸을 이루고 사물들과 육체적 접촉을 유지한다는 점에서 행복하다. 온몸이 피로에 취하고, 다른 곳이 아닌 바로 저곳으로 간다는 보잘것없지만 명백한 목표를 간직한 채 그는 여전히 세계와의 관계를 통제 조절하고 있다. 물론 그는 방향감각을 잃기도 하지만 아직은 알지 못할 어떤 해법을 찾아가고 있는 것이다**”**

　트래킹의 힘든 걷기를 통해서 좀 더 나의 중심을 강화하고 싶었던 것 같다. 그러나 시련을 극복했다는 느낌 같은 것은 가질 수 없었다. 고통스러운 발걸음들이 세계와의 느린 화해로 가는 과정이었다넌

좋았을 텐데 사실 그런 여유가 없었다. 오히려 이 글을 쓰는 지금의 노고가 세계와의 느린 화해로 가는 과정이 아닌가 싶다. 한 가지 좋았던 것은 트래킹이 지닌 그 단순하고 명백한 목표, 즉 다음 숙박지까지 걷는다는 것이었다. 나의 중심을 회복하는 해법은 여전히 막막하기만 하다.

❝길은 구체적인 걷기 체험을 통해서, 때로는 그 혹독한 고통을 통해서, 근원적인 것의 중요함을 일깨움으로써, 인간으로 하여금 고통스러운 개인적 역사와 인연을 끊어버리고 쳇바퀴 도는 것 같은 일상의 길에서 멀리 떨어진 내면의 지름길을 열도록 해준다**❞**
　이것은 진정한 구도자들에게나 해당되는 길이요 걷기일 것이며, 나에게는 아득한 길이다.

　『걷기예찬』의 구절에 기대어 이렇게 생각해보니, 내가 트래킹에서 기대했던 바와 실제 트래킹에서 얻었던 것과 얻지 못한 것이 무엇인지 좀 명료해진다. 한 마디로 나의 안나푸르나 트래킹은 실망스럽다. 이 정도의 걷기 체험이라면 차라리 지리산 종주를 하는 편이 더 낫다. 시간과 돈의 투자까지 생각하면 훨씬 낫다. 그나마 트래킹의 한 쪽 귀퉁이를 잘라서 4일간의 흥미로운 체험을 한 것이 다행이다.
　알랭 드 보통의 『여행의 기술』이란 책은 멋진 통찰들로 가득 찬 책

　　　| 안나푸르나, 아이러니푸르나 |

이다. 그 책의 마지막 장은 '귀향return'이다. 여기서 보통은 1790년 자비에 드 메스트르Xavier de Maistre라는 프랑스 젊은이가 쓴 『나의 침실 여행Journey Around My Bedroom』이라는 책을 소개한다. 이 책에서 주인공은 나침반과 가방을 들고 먼 나라를 여행하는 것이 아니라, 파자마를 입고 자기 침실을 여행한다. 다시 말하면 돈과 시간을 투자하여 멀리 여행하는 사람들의 수고를 비웃고, 가난해서 여행을 떠날 수 없는 사람들에게 침실 여행도 할 만하다는 위안을 준다. 생각해보면, 편안히 침대에 누워 상상이나 책을 통해서 더 많은 세상을 돌아다닐 수도 있고 자신의 내면을 우주 끝까지 확장할 수도 있다. 특히 요즘은 영상매체가 발달해서 방 안에 앉아서 세상 어디라도 구경할 수 있다. 한 방송국은 "매일 저녁 세계테마기행을 통해서 가슴 설레는 여행의 참맛을 느끼시길 바랍니다"라는 문구로 자기들의 여행 프로그램을 선전한다. 여행의 참맛이 거실의 텔레비전 속에 있는지 아니면 실제 길 위에 있는지 단정하기도 쉽지 않은 세상이 되어버렸다. 당나라로 배움을 구하러 가다가 도중에 깨달은 바 있어 도중에 되돌아온 원효대사의 이야기도 있지만, 처음부터 갈 필요가 없었다고도 할 수 있다.

물론 보통이 말하려고 한 바는 텔레비전의 여행 프로그램이 실제 여행을 대신할 수 있다는 것이 아니다. 아무리 훌륭한 여행 프로그램이라도 실제 여행의 아우라와 강렬함을 당할 수는 없을 것이다. 보통은 자동화된 습관에서 벗어나 사물을 낯설게 보려는 의지가 있으면,

우리의 가까운 주변에서도 많은 것을 새롭게 만날 수 있음을 강조한다. 반대로 미지의 세계에 대한 호기심이 없다면 지구 끝까지 여행한다 해도 별로 얻을 게 없음을 말한다. 그가 중요하게 여기는 것은 'mindset(마음가짐)'이다. 그는 우리가 여행에서 얻는 즐거움은, 우리가 어디를 여행하느냐에 달려 있다기보다 우리가 여행할 때 지니는 마음가짐에 달려 있는 것이라고 말한다.

그러나 보통의 생각도 여행의 범주를 벗어나지는 못한다. 실제로 수많은 곳을 여행해보았던 메스트르가 『나의 침실 여행』을 썼다는 것은, 여행의 불필요성을 말한 것일 수도 있다. 진실로 넓은 세상은 내면으로 만나는 것이지 여행으로 만날 수 있는 것이 아니다. 평생 아무 곳에도 여행하지 않았던 칸트는 광대한 형이상학의 세계를 만났다. 그런가 하면 석가모니가 우주를 만난 것은 명상을 통해서였지 여행을 통해서가 아니었다. 광대한 도의 세계를 만나고자 하는 불가의 공부에서는 좁은 토굴 속에서의 참선이 바른 길이고 만행은 외도이다. 놀라운 세계를 만났던 위대한 예술가들이나 사상가들은 대개 좁은 공간에 머물렀던 사람들이다. 그러므로 세계를 많이 돌아다닌 사람은 좋은 여행기를 쓸 수 있을 뿐이겠지만, '나의 침실 여행'을 깊이 있게 한 사람은 위대한 예술이나 사상을 낳을 수 있을 것이다. 이렇게 생각해보면 우리는 멀고 낯선 곳을 너무 많이 돌아다니는 것인지도 모른다.

그래서 일찍이 중국의 시인 소동파는 다음과 같은 시를 남겼다.

| 안나푸르나, 아이러니푸르나 |

여산의 안개비와 절강의 물결이여 盧山煙雨浙江潮

가보지 못한 한이 천 갈래 만 갈래더니 未得千般恨不消

가서 보고 돌아오니 달라진 게 아무것도 없네 得道還來無別事

여산의 안개비와 절강의 물결이여 盧山煙雨浙江潮

그렇게 가보고 싶었던 여산과 절강이었지만, 막상 가보고 돌아오니 아무것도 달라진 게 없다는 것이다. 물론 아무것도 달라진 것이 없다는 말을 할 수 있기 위해서는 갔다 와야 한다. 여행의 필요성은 여행의 무용성을 확인하는 데만 있는 것이라고 말할 수도 있다. 나의 안나푸르나 트래킹 역시 갔다 왔어도 아무것도 달라진 것이 없다. 다만 없던 트래킹 에세이 한 권이 새로 생겼다는 게 달라진 것이다. 여행에 실망하고, 달라진 게 아무것도 없다는 말을 하는데 이렇게 긴 에세이가 있어야 하다니 그것도 아이러니다. 나는 안나푸르나에 가서 아이러니푸르나를 만나고 돌아왔다.

후기

　2010년 1월 보름 동안의 안나푸르나 어라운드 트래킹을 함께 했던 일행은 김인묵, 김균, 이승환, 이창희, 백운광, 이남형, 이하림, 이상주 그리고 필자까지 모두 아홉 명이었다. 트래킹의 전 과정 동안 많은 보살핌과 배려를 해주신 일행에게 심심한 감사를 드린다. 또 우리를 위해 헌신했던 현지 가이드와 포터들에게도 감사드린다. 한편, 카메라를 가지고 갔던 김인묵, 이승환, 이창희, 이남형, 이하림 등 여섯 분은 수시로 나의 사진을 찍어주었을 뿐 아니라, 좋은 사진들을 이 책에서 마음껏 사용할 수 있게 허락했다. 이에 따로 감사드린다. 그러나 트래킹의 일정을 잡아주고 제반 준비를 해주었던 UP트래킹 여행사에 대해서는 별로 감사드리고 싶은 마음이 들지 않는다.

안나푸르나, 아이러니푸르나

초판 1쇄 발행일 __ 2010년 9월 15일
초판 2쇄 발행일 __ 2011년 6월 20일

지은이 __ 이남호
펴낸이 __ 박진숙
펴낸곳 __ 작가정신
주소 __ 121-250 서울시 마포구 성산동 49-9 신한빌딩 5층
전화 __ (02)335-2854 | 팩스 __ (02)335-2855
E-mail __ editor@jakka.co.kr
홈페이지 __ www.jakka.co.kr
출판등록 __ 1987년 11월 14일 제1-537호

ISBN 978-89-7288-377-7 03810